KB016530

사랑의 다른 이름

사랑의 다른 이름

이규리 산문집

아침달

들어가며

공원의 벤치 이야기

나는 작은 공원 안에서 14년째 살고 있다. 이 주변이 나의 산책 코스인 셈이다. 공원 내에서의 소박한 산책으로 휴식과 운동을 겸한다. 공원을 이루는 아름다운 배경에는 여러 요소가 있지만 여기서는 벤치 이야기를 하려 한다. 여느 공원처럼 요긴한 곳에 벤치가 놓여 있다. 의자에는 여러 상징이 있는데, 그중에서 권위나 위상이 아닌 휴식과 배려, 미래의 이미지를 나는 좋아한다. 더구나 벤치는 긴 의자니까 혼자만을 위한 것이 아니라 '함께'를 내포하므로 각별해진다. 나무들이 수런대는 공원에 작품처럼 놓인 빈 벤치에는 뭔가 그윽한 정서가 있다. 산책하다가 벤치를 만나면 우선 반갑게 다가가지만, 나는 그걸 비워두는 편이다. 비워둔 벤치는 모든 이의 것이 되니까. 그래서 나는 '벤치가 아름다운 동네에서 앉지 못하는 사람'인 셈이다.

벤치들은 얼마나 많은 서사를 생산하고 수용해왔을까. 오래된 산문들을 정리하면서 산책길의 벤치를 자주 떠올렸다. 남겨두고 비워두는 일, 그 마음이 뭘까를 곰곰 생각하다가 그것이 시의 마음, 시의 윤리라 여겨졌다. 빈 벤치는 내가 강조했던 '여백'이나 '사이'였고, 비워둔 벤치는 나의 '불편의 시학'에 가깝다는 생각이 그러하다. 벤치를 마주할 때마다 공원의 정겨움이 더해졌던 이유가 그 때문일까도 싶었다. 그러면서 엉뚱하게 이 벤치들이 공원이라는 거대 나무에 뿌리를 둔 리좀이라는 비유에 이르기도 했다. 그들을 잇고 엮으며 나도 함께 공원의 리좀이 되는 상상을 했다. 문학이 그러하듯 띄엄띄엄 자리한 벤치들은 공원이라는 나무에 뻗은 여러 뿌리처럼 사용자에 따라 반복, 변이, 팽창되었을 것이다. 그건 지나간 사람, 도착한 사람, 도래할 사람 들의 서사가 징검돌처럼 과거와 현재와 미래를 통해 공존하고 이어지게 되는 그런 연유라 할까.

이 산문들도 내 시간에 수평축으로 존재한 리좀이라는 생각이다. 대략 25년 전부터 최근 5년 전까지의 글로서, 여러 문예지에 발표한 글과 신문에 연재한 칼럼 등인데 이제야 묶게 되었다. 1부에는 나의 시와 삶을 이룬 생각과 인식을 담았고, 2부에는 시를 쓰면서 구름처럼 일었던 감각과 의문이 여러 이야기의 형태로 자리해 있다. 이는 당시의 고민과 모색의 흔적들이다. 3부와 4부에는 《영남일보》 등에 연재한 칼럼을 중심으로 서평과 영화평 등을 함께 엮었다. 특히, 시적 인식에 대한 부분은 무엇보다 이성복 선생께 힘입은 바 크다. 이 자리를 빌어 감사드린다.

어떤 글들은 오래전에 쓴 탓에 지금의 나로부터 멀리 떨어져 있어 함께 묶어도 될는지 고민했지만, 이걸 딛지 않고는 나아가기가 쉽지 않았다. 부끄러운 시간 또한 나의 삶을 이어준 내용이며, 당시의 그늘과 아픔이 내 사고의 거푸집이라 믿는다. 부족한 글을 받아준 아침달 출판사와 어지러운 글을 따뜻하게 살펴준 송승언 시인께 감사드린다. 나는 될 수 있으면 오래도록 벤치이고자 하며 그 벤치 앞에서 앉지 못하는 사람으로 있을 것 같다.

2023년 5월

이규리

차례

1부 · 물과 결과 먼 당신과

2부 · 부르면 와줄까, 그 슬픔

3부 · 수심은 수심을 모르고

1부

물과 결과 먼 당신과

흐릿하게 보기

책상 옆 선풍기를 들어내고 나니 그 자리에 여백이 생깁니다. 참혹했던 더위도 빈자리만큼 잠시 머물다 사라지겠지요. 가을은 직전의 이름을 지우고 우리의 감각은 다시 새로운 상태를 맞이합니다. 준비가 덜 된 사람에게는 무어든 갑자기 오는 법이지요. 기온이 떨어진 것뿐인데 방 안의 사물들도 헐거워지고 선득해져 조금은 낯설기도 합니다. 때때로 낯섦도 어떤 노력이라는 생각이 들어 내친김에 책상의 위치를 바꾸고 방향을 달리 해보았어요. 사물들은 어떤 상황에서도 서로 배려하며 가깝거나 멀지 않게 긴장과 균형으로 미적 거리를 만들고 있었습니다. 내가 당신에게 두려는 그 거리처럼.

새로울 것 없어 보이는 일상에도 새로움은 있습니다. 며칠 새 강 건너 숲의 나무들도 조금씩 서로에게 자리를 내주어 어제 없던 공백이 보입니다. 빽빽하게 녹음이 우거졌을 때는 녹색으로만 뭉뚱그려지던 것이 여백을 가짐으로써 별개의 존재들이 된 것입니다. 감정에도 사이를 두면 제대로 볼 수 있겠지요. 그간 촘촘하게 간격도 없이 채워 넣었던 욕망이나 아집은 다 무엇이었을까요. 결국 사라져갈 것에 집착했던 어리석음은 집착했던 만큼 어두웠다고 말할 수 있겠습니다. 그렇다면 사이란 존립을 위해 요긴한 여백이 되겠군요.

수많은 별 중 하나의 별을 보기 위해서는 그 옆의 별을 보라는 말이 생각납니다. 나를 보기 위해 나 아닌 것을 보라는 자각을 그 옆에 놓습니다. 나 아닌 것이라 말할 때 좁다란 여백이 생기는 걸 느낍니다. 어제는 『글렌 굴드, 피아노 솔로』를 읽으며, 오늘은 글렌 굴드를 들으며 두 마음에도 살짝 여백이 끼어듦을 느낍니다. 내가 그의 연주를 듣는 순간 그는 없고 음악만 남듯이, 당신이 내 글을 읽을 때 이미 나는 그곳에 없고 낯선 공기가 남아 있을 겁니다. 그 낯섦이 홀로 서성이며 시간과 공간에 잠시 기여하겠지요. 그리고 그걸 누군가 흐릿하게 보며 또한 기억해야 할 것과 버려야할 것을 생각할 것입니다.

오늘, 금호강 둔치에는 공공근로 요원들이 좍 깔

렸습니다. 여름의 흔적을 걷어내고 가을맞이 단장을 하는 것이에요. 내가 자주 산책하던 길, 강물이 물이라 하여 다 흐르는 것이 아니며 흐르는 것이라고 다 사라지는 것이 아님을 보여주던 곳. 뒤엉킨 덤불 걷어내다 보면 보랏빛 엉겅퀴 몇 대롱 성심으로 제자리를 견디고 있을 것입니다. 또한 자세히 보면 저들 근로요원이야말로 둑길과 풀밭에 여백을 만들고 있었습니다. 풀과 풀 사이, 흙과 흙 사이 그리고 삶과 죽음 사이, 열심히 시간과 공간을 내주고 있었습니다. 또한 줄 맞추어 웅크린 그들 노동의 간격도 사이이며 여백이었습니다.

건축물이나 건축 행위에도 틈, 즉 사이의 미학이 있습니다. 병산서원 만대루의 정자가 아름다운 건 못질하지 않은 사이의 견고함 때문인데요, 나무와 나무가 요철 형식으로 서로의 사이를 물고 물리며 가장 단단한 이음새 역할을 하고 있습니다. 대들보는 대들보끼리, 기둥과 기둥, 마룻장과 마룻장이 서로를 이해하고 배려하는 간격은 인간이 흉내 낼 수 없는 조화라 여겨집니다. 노련한 목수가 아니어도 지혜로운 대목은 팽창과 수축을 예비해 적당한 사이를 마련하지요. 그렇게 서로 사이를 지닌 무기물로서의 건축물은 세상이라는 공간에 또 다른 사이로 존재, 여백을 만듭니다. 그냥 비어 있다고 여백이 아닙니다. 병산을 마주한 휑한 공간에 서원이 존재함으로써 비로소 그 공간 안에 여백이 탄생했습니다. 강과 병산 사이, 병산과 서원 사이에.

지난주, 삼천포대교를 지나고 남해를 거쳐 노도에 들렀다가 왔습니다. 징검돌 사이를 건너듯 통통통 여백을 딛고 나온 거기, 머문 곳은 내 안이 아니었고 존재하는 것도 내가 아니었습니다. 점점이 떠 있는 섬들은 서로의 사이로 존재합니다. 동해에 비해 서해나 남해가 아름답다 느끼는 사람은 사이를 보기 때문이지요. 맘껏 절망해도 절벽으로 떨어지지는 않는 사이의 믿음이 있기 때문이지요. 의도하지 않고 의미하지도 않으며 그냥 그렇게 떠 있습니다. 어느 때는 보이다가 또 어느 때는 사라지고 없는 섬의 출몰 역시 여백입니다. 그곳에 누군가가 날개를 달아주면 시가 되고 음악이 될까요. 심상에 스미는 선율이며 허공에 그리는 악보 말입니다.

그리고 달리 여백을 느끼는 방법이 있는데 잠시 언급했듯 흐릿하게 보기입니다. 대상을 바라볼 때 한 대상에 집중하면 오히려 특성을 놓치는 경우가 있지요. 의도가 생기기 때문입니다. 단정하지 않고 한정하지 않는 배려, 이때 흐릿하게 바라보면 이외로 그 대상과 대상에 관계하는 주변의 것들까지 원래보다 선명하게 다가오는 것을 알게 됩니다. 그 방법은 내면의 방식에도 적용되는데 흐릿하게 바라본다는 것은 사유에도 사이, 즉 여백을 가지는 것을 의미합니다. 그렇게 표현된 시나 음악은 다 말하지 않고 말하는 여백의 시이자 여백의 선율이 되겠지요. 바예호의 시와 굴드가 연주하는 바흐처럼 말입니다.

여백의 아름다움을 강조하면서 나 자신 삶에서나 사고에서의 여백을 잘 가지지 못하고 있습니다. 좀 돌아가면 될 것을, 좀 기다려주면 될 것을 분명하려고만 애썼지요. 충돌의 시시비비 또한 여백의 적실함에 서툴었던 거지요. 말하자면 흐릿하게 보기를 잘하지 못했다는 말인데요. 이론이나 학습으로는 좀체 잘 되지 않는 이 관계망에선 눈 하나를 감아버리면 될까요. 오늘 나는 금호강 둔치의 일손들이 어느 것은 피해가고 어느 것은 남겨두는지, 그리고 아쉽지만 뽑아내야 하는 것과 허약하지만 남겨두어야 하는 것을 아주 소중하고 극진하게 다스리는 손길을 보았습니다. 그건 여백의 텍스트였습니다.

헛소리들

외출에서 돌아오면 묻어온 건 먼지만이 아니다. 털어도 털리지 않는 말[言]의 먼지, 황사보다 지독한 그 먼지는 좀체 떨어지지 않아 잠자리까지 이어지게 된다. 그런 날은 잠이 무겁다. 끈적끈적 발 여럿 달린 벌레가 기어든 듯, 도망가야 하는데 발이 떨어지지 않아 애태우는 꿈을 꾼다. 제자리에서 안간힘을 쓰다가 깨어나면 내 발목은 내가 잡고 있었다. 일상 속 관계로부터 발목 잡고 잡히는 일은 늘 사소한 것에서 비롯되지만 문제는 사소함을 관리하기가 어렵다는 데 있다. 시詩에 발목 잡히는 건 어쩌면 사소함을 제대로 보라는 것, 사소함의 다른 모습을 살피라는 뜻이겠다. 어떤 작정과 실행은 예금처럼 든든한 발목이 되기도 하는데 시라는 보험에 든 발목은 어떨까. 그건 혹 고통과 종신 계약하는 보험 아닐까.

청노루귀를 보여준다기에 따라나섰다. 하얀 노루귀와 분홍 노루귀는 보았지만, 청노루귀는 드물다. 잎이 노루의 귀를 닮아 붙은 이름이지만 꽃잎의 크기는 고작 새끼손톱만 해서 마음 없이 다가가는 사람에게는 바로 옆을 지나쳐도 보여주지 않는다. 들꽃 전문가인 김 선생이 분명히 이틀 전에 보았다는 장소에 왔건만 누가 숨겨놓은 걸까. 목적한 일은 원래 쉬 다가오지 않는다. 글을 쓰는 일도 그렇듯 의도해서는 만나지지 않는다. 간절한 마음을 다지며 무심해진 순간 자신도 모르는 말의 자락을 잡게 된다. 청노루귀를 보지 못하고 내려올 때, 현호색 군락을 만났다. 혹 현호색을 보러 나섰다면 청노루귀를 만나지 않았을까.

울음주머니가 하나 있다. 그건 위장과 흡사해 차면 비워내야 하고 비워낸 뒤 일정 기간이 지나면 다시 차오른다. 과거에는 한 달에 두 번 정도로 비워야 했는데 소화력이 떨어지는 지금은 한 달에 한 번 정도 비운다. 무슨 요강단지 같지만 그걸 나는 '마음이 생리하는 날'이라 한다. 어제가 그날이었다. 울음주머니가 탱탱해 당신의 말이, 웃음이, 노력이 들어오지 않았다. 부질없는 줄 알면서 희망했구나, 공감도 없는 세상에 절망을 들켜버렸구나, 더구나 자만 때문에 허위를 말해버렸구나. 번번이 의도가 빗나가서 생기는 좌절과 전달되지 못하는 진심, 그런 부끄러움들이 울음주머니를 채우는 내용물일 것이다. 걸러내지 않으면 나쁜 세포로 번져 어느 순간 다른 증세로 나타나거나 전이되기도 한다. 가령 깨질 듯 머리가 아플 때, 또는 느닷없이 난폭해지거나 화를 내는 때가 그런 경우이다.

이런저런 번민이 생기면 가장 가까운 마음부터 어르고 추스른다. 심호흡과 간단한 스트레칭이다. 이어서 아끼는 시집 한 권을 천천히 읽고 그 여운으로 베이고 찌르르한 마음을 유지하려 애쓴다. 자그마한 시집 한 권에 담긴 생의 간절함이 빠근하게 아프다. 새삼 시가 무섭고 시인이 역할이 두렵다. 음소 24자를 조합하여 어떻게 인간의 마음에 결을 새기는지, 그 작업들이 세세하여 경이롭고 그 역할을 담당하는 시인의 삶은 면벽 고투라는 생각이다. 서툴게 휘두른 날에 무참히 잘려 나갔을 나의 언어들, 미안하고 부끄럽구나. 민망하고 참혹하구나.

물결이 햇볕에 파닥여 천 개의 무늬로 반짝인다. 저 결에 눈부심만 있을까, 화려함만 있을까. 물의 결은

물의 뜻이 아니다. 바람이 닿은 자리마다 무수히 말하는 것, 물과 결 사이, 바람과 햇빛 사이, 관계함으로 일어나는 숱한 작용들. 어떤 대상이든 저 홀로 번민이 생기는 법은 없다. 관계의 충돌로 일어나는 시비들. 모든 관계를 버리고자 습習을 버리고자 수도자들은 오늘도 선과 행에 든다. 혹한이구나 살아내야 하는 일, 비애구나 살아 결을 만드는 일. 나의 시와 삶 사이에 있었던 것, 수다와 생략의 형식들은 사실 견딤을 위한 혹한이며 비애였을 것이다.

심한 몸살에 들어 학교를 쉬고 누워 있을 때, 퇴근하신 아버지가 서늘하고 두툼한 손으로 내 이마를 짚었다. 그때 나는 뭔가 야릇하게 쑥스러웠다. 그리고 쑥스러워한 사실이 다시 더 부끄러워졌다. 어머니의 손과는 분명 달랐던 아버지의 손. 남성을 느끼는 건 수치심도 뭣도 아니라는 건 나중에 안 일이다. 근친상간의 금기가 그렇게 했을까. 보이지도 않는 무의식 속에 웅크린 성性이라는 오래된 주제主題는 누가 주제主祭하는지. 내가 쓴 시를 내보일 때도 그런 기분이 들 때가 있었다. 시에도 성性이 있을까.

사람들은 대개 헛소리 늘어놓는 사람을 편안해한

다. 헛소리에는 말하는 이의 위상이 지워지기 때문이다. 잘난 체하지 않으므로 상대의 우월함이 유지되기 때문이다. 개그맨이 수없이 망가져야 하는 경우와 같다. 정말로 말을 잘하는 사람은 헛소리 가운데 정곡 하나를 심어놓는다. 시의 정곡은 눈썹과 같아 얼핏 보면 두드러지지 않지만 화장의 마무리 순서처럼 다른 것이 완벽해도 그것을 그리지 않으면 전체가 무미하게 되고 만다. 오만에 빠져 있는 사람은 정곡을 알아차리지 못한다. 그나마 헛소리가 대접받는 이유는 그것이 그냥 몸에서 흘러나왔기 때문이다.

종이는 종이 아닌 것으로 이루어져 있다

- 저항하는 말의 아름다움

사랑을 어떻게 설명할 수 있을까

어떤 사람을 사랑한 적이 있습니다. 그 사람은 제 사랑의 질량을 궁금해하여 자주 제게 얼마만큼 사랑하는지 설명해보라 했습니다. 사랑을 어떻게 설명할 수 있을까요. 설명할수록 다른 뜻이 되어가는 걸 어떻게 말할 수 있을까요. 시가 그러했습니다. 시는 설명할 수 없었습니다. 시는 설명하지 않아야 하는 것이었습니다. 기실 말은 이렇게 해보지만 그렇다고 시에 대한 궁금증이 사라지는 건 아니겠지요. 그렇다면 우리는 사랑이나 시에 대해 어떻게 접근해야 할까요?

종이가 종이 아닌 것으로 이루어진 것처럼* 사랑 대신 사랑 아닌 것을 이야기하고 시 대신 시 아닌 것을

---

* "한 장의 종이는 종이가 아닌 요소들로 만들어져 있다." 틱낫한, 『틱낫한의 평화로움』(열림원) 부분.

이야기하는 방식이야말로 앞선 의문에 대한 가까운 대답이 아닐까 생각해보았습니다. 사랑 아닌 것을 이야기하다 보면 사랑이 포함되어 있고, 시 아닌 것을 이야기하는 일이야말로 시를 떠날 수 없기 때문입니다. 그 방식은 사랑과 시는 물론, 삶의 문제에 있어서도 달리 접근하게 해주었으며 버려지고 상처받는 쪽을 살피는 눈을 주기도 했습니다.

그러한 요소들이 부족하나마 제 시를 이룬 밑그림의 일부라 여기지만 그 역시 어디까지나 제 생각일지도 모르겠습니다. 정곡은 꼭 한군데만 있는 것이 아니겠지요. 그러면서 저는 틱낫한의 말씀을 기억하고 있습니다. "오늘 내가 레몬나무를 만지면 서너 달 뒤에 열리게 될 레몬 열매를 만지는 것이다, 그건 레몬 열매가 이미 거기 있기 때문이다."라는 것인데요. 저는 이렇게 시가 시를 통해서 알 수 없는 곳까지 닿는, 그 어떤 힘을 믿고 싶습니다.

그리하여 설명할 수 없었던 사랑이나 그토록 어렵게 여겨졌던 시가 언제든 만질 수 있는 레몬 열매라는 것을 인식하게 해주는 것, 그것이 시가 우리에게 주는 선물이라 여깁니다. 저는 그렇게 언어의 힘을 믿으면서 이 불가능하고 불확실한 시간들을 더 견디며 가려 합니다.

저항하는 말

보편적으로 저항이란 '아닌 것에 대해 아니라 말하는 것'과 '자신에게 유리한 경우를 버리고 진실을 택하는 경우'입니다. 저항은 앞 시대의 허위를 부정하면서 획득하게 되는 냉정한 논리이죠. 그렇다면 저항은 어떻게 말로써 표현되는 걸까요.

"한 장의 종이는 종이가 아닌 요소들로 만들어져 있다." 이 말은 저항을 품고 있습니다. 종이는 종이 아닌 나무와 물과 햇빛 등으로 이루어져 있지요. 사랑이 사랑 아닌 미움이나 질투, 의심과 원망으로 이루어진 것처럼. 모든 원리에 극과 극이 함께 존재하고 있다는 뜻인데요, 저는 이 방식을 제 삶 안으로 끌어들였습니다. 뫼비우스의 띠를 보면 안과 밖, 처음과 끝, 어둠과 밝음, 이쪽과 저쪽의 구분이 무의미하지요. 상반되는 개념들도 바탕은 하나라는 의미를 보여주는 것입니다.

사랑과 사랑 아님은 어느 때를 경계로 나뉘나요? 폭우 속에서 무연히 든 생각이었습니다. 폭우를 바라보며 쓴 저의 시 가운데 "결국 젖게 하는 사람은 한때 비를 가려주었던 사람"이라는 구절이 있습니다. 지금 젖게 하는 사람과 한때 비를 가려주었던 사람은 동일인이라는 것, 사랑이나 이별이 한 몸이란 게 자명한 거지요. 슬퍼하지 말아요. 어떤 사람도 나의 비를 가려주지는 못해요. 나는 이제 스스로 비를 가리는 힘을 마련할 줄 알게 될 거예요.

거실의 커다란 창을 바라볼 때, 안과 밖, 밝음과 어둠, 보이는 것과 보이지 않는 것을 아우르던 창이 어느 저녁때 제게 너무 컸지요. 많은 풍경을 들이기 위해 냈을 커다란 창이 아이러니하게도 오히려 풍경을 멀게 하고 있었습니다. 마찬가지로 한 몸에서도 서로 상반되는 속수무책의 이야기가 존재해요. 가령, 수박이란 과일은 이리저리 굴려도 상하좌우가 없어 원만한 존재로 보이나 그게 슬픈 거지요. 언제든지 위치 변경이 가능한 그 몸뚱이가 제 위치를 가질 수 없는 것 말입니다. 게다가 과일이라기엔 큰 덩치가 또한 수박의 비애 아닐까요.

사물의 본질에 내밀하게 다가가는 일과 현실에 저항하는 힘은 결코 다르지 않았습니다. 전자가 사랑이라면 후자는 용기이겠지요. 그 둘 역시 그리 다르지 않을 것입니다. 이렇게 하나의 대상에 대한 인식은 기존의 것에 대해 저항하는 것으로부터 나아갑니다. 기존의 것에 그대로 보기를 거부하고, 달리 보고 뒤집어 봄으로써 그 특성들이 종내 한 몸임을 알게 됩니다. 그 역도 성립하겠지요. 죽음은 죽음이 아니야. 나는 내가 아니야, 수박은 수박이 아니야, 그리고 불안은 불안이 아니야, 라고 말이죠.

우리 불안에 대해 조금만 더 이야기해볼까요? 이것이 행복한 단어가 아니라 생각하겠지만 우린 늘 역설의 의미를 믿으니까요.

저는 늘 불안했습니다. 누구나 어느 정도의 불안을 갖고 있지만 저는 좀 심한 경우라 할까요. 있지도 않은 일을 미리 상정해 불안해하는 케이스였지요. 그러나 뭐라 해도 저의 최초의 불안은 생리였습니다. 사춘기 생리가 시작되었을 때 죽고 싶을 만치 불안했고, 말랑말랑한 아이를 키울 땐 불안이 최고조였습니다.

그토록 불안했던 이유도 현실을 건너가기 위한 나름의 저항이었다는 걸 알았습니다. 특별할 것 없는 생이지만 불안을 꽃이라 보게 되었을 때 저의 '불안'은 불안이 아니게 되었지요. 불안을 조금 다른 불안으로 보게 된 거라 할까요. 결국 시가 준 해답인데요. 불안이나 불행, 이런 것들은 떨치려 할수록 달라붙어요. 불안을 꽃으로 보는 순간 불안에 환하게 불이 켜졌습니다. 처음엔 비유로 시작되었는데 인식을 바꾸게 된 거지요. 가스통 마개를 딸 때의 불안, 어둠이 괴한처럼 덮칠까 하는 불안, 한 믿음이 한 믿음을 바꿀까 봐 아예 시작도 못하는 불안, 그 불안들을 뒤집어 아무것도 없는 허상을 보면서 불안을 달리 보게 되었습니다. 그런데 우리 안심을 이야기할 때 뭔가 불안하지 않나요? 사실 불안은 불안을 극복하기 위한 처방이었습니다.

그리고,

시와 시인에게 무슨 힘이 있을까 반문하는 시대를 살고 있지만 그게 저는 당연하다고 생각해요. 시나 시인에게 힘이나 권력이 생긴다면 더 이상 시와 시인이 아니게 되는 거지요. 우리는 비관할 필요 없어요. 불안하고 불리하고 불편한 입장에서 비관의 쪽으로 가지 말고 그걸 잘 바라보는 쪽으로 가면 심정적인 힘이 생긴다는 게 제 생각입니다.

더하여 시에 어떤 보이지 않는 힘을 기대해볼까요? 상상이라는 힘 말입니다. "꽃을 만질 때마다 해를 만지는데 손가락 하나 데지 않"고, 또 "레몬나무를 만지면서 서너 달 뒤의 레몬 열매를 미리 만지는" 이런 차원의 행복감을 가지는 일이 보이지 않는 강한 힘 아닐까요? 틱낫한의 시선은 정교하기 이를 데 없는 궁극을 경험하게 합니다. 문학이 아니라면 어떻게 이걸 좇을 수 있었을까요.

문학은 봉사이지요. 문학의 근원을 이루는 많은 방식들이 삶을 어떻게 아름다움으로 이끄는지에 대한 일을 관찰하면서 문학이 가진 수여의 품을 보았습니다. 당신의 고통이 문학을 필요로 했고 그로써 너머를 보았다면 문학은 기꺼이 자기희생을 담당한 거지요. 때때로 문학이 세상을 바꿀 수 있느냐는 질문을 받는데 적어도 자신은 바꿀 수 있다는 대답을 하게 됩니다. 충분히 당신을 바꿀 수 있다고 말입니다.

나쓰메 소세키가 말했습니다. 문학은 "소처럼 힘차게 죽을 때까지 밀고 가는 거라고, 결코 상대를 만들어 밀면 안 된다", "상대는 계속해서 나타나게 마련"이라고. 이건 우리의 김수영이 말한 '온몸의 시학'과 궤를 같이하는 것이니 얼마든 사용해도 좋겠지요. 그러니 "초연하게 밀고 가는 것, 문사를 미는 것이 아니고 인간을 미는 것"이라고 말입니다. 이 저항들, 끝끝내 놓지 않아야 할 삶의 근원 같은 것이라 믿습니다.

두 개의 저녁

- 르네 마그리트의 해

쨍! 하고 깨진 건 유리가 아니라 붉은 해다. 자세히 보면 유리창이 깨지면서 유리창에 편집된 해와 하늘과 파란 산이 함께 깨져 있다. 아니다, 깨진 건 해가 아니고 하늘이 아니고 산이 아니고 이미지다. 또다시 보면 그것은 유리도 아니고 해도 아니며 우리의 관념이다. 관념은 수정될 수 있다. 결국 깨진 건 아무것도 없다. 마그리트의 상상이라면 부서진 해를 주워서 강력접착제로 감쪽같이 복구해놓고 혀를 쏙 내밀 것이 분명하니까.

창을 중심으로 바깥의 풍경들이 그림 안에 모두 들어와 있지만 그에게 풍경은 고정관념일 뿐 아무런 의미가 없다. 그는 기존의 형식을 가볍게 버린다. 유리창의 이쪽과 저쪽, 안과 밖, 밤과 낮을 뒤섞어버리는 사고의 유연성은 이어 사물에 이미지를 중첩시켜서 두 개, 세 개, 열 개의 이미지를 복제하기도 하고 변형하기도 한다. 결국 깨진 해와 하늘의 해와 우리 기억 속의 해는 동일하거나 혹은 동일하지 않다. 그림 속 파이프가 실제의 파이프이거나 아닌 것처럼.

내가 두 개라면 당신 속에서 깨지고 또 깨져도 아파하지 않을 텐데. 내가 다른 내가 되어 유리 조각으로 남은 나를 바라보는 또 다른 내가 될 텐데. 그리고 당신은 그 파편들 사이 파편인 나를 쓸쓸히 주워 담으며 파편인 줄도 모르는 당신을 마주할 텐데. 해와 하늘과 산을 고유명사이기보다 영상이나 사물로 해석한 마그리트의 상상력에 힘입어 우리가 사물처럼 허공에 띄워져 가방이 되고 비둘기가 되고 모자가 되어 떠다녀도 좋겠다. 부서지고 다시 복구되는 나와 너를 반죽인 양 주물러 바위와 구름으로 다시 태어나게 해볼까.

그의 회화는 생각을 눈에 보이게 한다. 예컨대 어두워지면 저녁이 온다는 관념 대신 붉은 해를 하나 깨뜨려버린다. 깨져서 흩어진 유리 조각 속에 남아 있는 부서진 해와 하늘과 산이 그 예이다. 초현실적인 관점 안에서도 놀랍게 그는 이미지를 통해 예측하지 못한 것을 드러낸다. 마그리트의 그림을 시적이라 보는 것은 그의 화면에 나타나는 비유적인 요소 때문인데, 실제와 환상이 결합되거나 병치되면서 화면 속에 남기는 무한의 상상, 그 행간의 이미지는 언어를 해체하면서 언어를 능가한다. 우리가 단단하다 믿었던 상식과 고정관념은 설탕 가루일 뿐, 녹였다 굳혔다 하는 이미지 덩어리일 뿐이다.

그것은 현대인의 초상과 닮았다. 우리는 무수히 깨지면서도 다시 멀쩡하게 살아나곤 한다. 접착제의 정교한 교활함이 깨진 해를 붙일 수 있는 것처럼 감정의 기복을 아무렇지 않게 변형하고 기만하는 시점에 도달했다. 이젠 원본과 복사본을 구별하지 못하는 정도가 아니다. 원본을 능가하는 복사본이 원본을 위협하고 있다. 쫓겨난 원본들이 한 세상을 만들면 거기 다시 복사본이 나타날 것이므로 우리는 절망도 모르는 좀비처럼 번성하리라. 초현실이 현실이 되어갈 줄 그는 알았을까. 현재의 숨차도록 변화하는 현상들은 아무래도 초현실의 모습들이다.

이미지는 언제 어디서나 우리에게 새로운 모습으로 나타날 것이다. 실제의 모습들에 식상하여 우리가 만들어낸 이미지들은 앞으로도 무궁무진 생산될 것이다. 지루한 건 견딜 수 없고 똑같은 건 죄악이니, 하늘에

해가 떠도 정원에는 캄캄한 밤이 내리며 장화에 발가락이 생겨나 핏줄이 도는 것처럼 우리에게 환상에 머무는 시간을 속속 안겨줄 것이다. 환상으로라도 건너가야 할 현실이라면, 또한 환상이 우리의 삶에 신선한 바람으로 불어온다면 꿈꾸는 일은 만화경처럼 다채로울 것이다. 고정된 해와 달 대신 호박과 무를, 혹은 우산과 가방을 띄워두면 어떨까.

불편의 시학

'불편'을 이야기할 때면 자꾸 머뭇거리는 마음이 되곤 한다. 불편, 불안, 부족, 이런 단어들은 되도록 기피해야 한다는 오랜 이익주의 때문이 아닌가 싶다. 그러나 이 글은 그 단어들이 내포한 기운을 간과할 수 없고 숨은 뜻을 드러내고 싶은 마음으로 쓰게 되었다. 통상 누구나 불편보다는 편안을, 부족보다는 만족을 꿈꾸며 산다. 그건 우리의 사고가 긍정적이라서가 아니라 획일적이기 때문인데 이 글은 고정관념을 바꿔보고 익숙한 것을 달리 보자는 인식에의 제안이다. 또 다른 저항이라 해두자.

불편의 시학은 불편을 정의하는 시학이 아니라 불편의 선의적 의미를 발견하는 시학이다. 지금까지 우리는 불편을 피하려 애써왔고 불편을 없애는 일에 노력해왔다. 오랜만에 만나서 하는 인사말도 "요즘 편안하십니까?"이다. 그렇다면 우리는 편안한가. 시대를 막론하고 인간은 병들어 있고 우리의 삶은 곤고하다. 그건 충족된 여러 요건에도 불구하고 인간 자체가 끝없는 욕망의 덩어리이며 삶 자체가 부조리하기 때문일 것이다. 그 안에서 편안하다면 그건 도덕적이지도 윤리적이지도 않은 일이니까.

그렇다면 불편의 덕목은 무엇일까? '천강성이란 별은 길방吉方을 비추기 위해 자신은 흉방凶方에 위치한다.'*고 한다. 여기서 흉방의 자리, 자신이 불편한 자리에 선다는 이야기는 타인을 편한 자리에 둔다는 뜻이 되겠다. 시의 자리가 흉방의 자리임에 틀림없다. 시인뿐 아니라 누구든 대상에게 군림할 수 없고 멋대로 대상을 왜곡할 수도 없다. 내가 더 낮고 누추한 불편의 자리에서 있는 그대로 보고 듣고 말하려 할 때 삶의 비의를 엿볼 수 있다. 잊지 말아야 할 것은 대상이 늘 주인이고 손님이며 우선이라는 것이다. 그러할 때 세계는 자신의 내부를 열어주고 우리는 우리가 미처 알지 못한

---

* 원불교 정산종사법 제2부 법어 제5원리편 28장 법문 "…천강성이란 별은 자리는 흉방에 있으나 그 가리키는 곳은 길방이라 한 것이 곧 부족한 자리에 있어야 장차 잘 될 수 있는 것을 말한 것이니라."

본질에 조금씩 다가서는 경험을 하게 된다.

이런 불편도 있다.

> 가톨릭교회에서 성인聖人을 추대할 때는 '악마의 변호인 Devil's Advocate'을 세운다. 그는 성인 후보의 반대편에서 철저하게 흠집을 잡고 허점을 찾아내는 역할을 한다. 때로는 '반대를 위한 반대'도 서슴지 않는다. 법률가들 또한 논리를 세우는 과정에서 스스로 자기주장을 반박하는 '악마의 변호인'이 되어보곤 한다. 상대편 입장이 되어 내가 맞닥뜨리고 싶지 않은 사실, 귀에 거슬리는 논리를 펼치다 보면 내 논증의 빈 곳들이 속속 드러나는 까닭이다.**

불편의 불편을 감수하면서 준엄한 자기 검열을 필요로 하는 경우는 나와 타인에게 부당한 잘못이 없어야 하며 그로 인해 원칙에 균열이 생기는 일을 용납하지 않아야 한다. 어렵더라도 불편을 통하여 획득하는 것이 진실이며 선일 때, 불편은 합당한 면모를 보여준다. 이것이 아름다움을 지키는 방식일 것이다. 완벽은 불

** 안광복, 『나는 이 질문이 불편하다』(어크로스) 부분.

가능하나 완벽으로 가는 자세는 가능하다. 노력이 필요한 이유는 그것이 믿음을 실천하는 일이기 때문이다. 이 과정에 불편이 동행하게 되는 것이다.

시의 자리도 불편의 자리이며 불편을 껴안는 자리이다. 그 관점은 편안함으로 볼 수 없는 것들을 보게 해주며 그렇게 쓴 시는 우리에게 묵직한 힘을 준다. 아니라면 우리가 왜 그토록 시에 매달려 있겠는가. 또한 그 힘 역시 노력 없이 나오지 않는다. 다가가려는 노력, 이해하려는 노력, 사랑하려는 노력, 꽃이 올 때 휘몰아치는 바람과 추위를 견디는 생살들의 시간이 그것이다. 본질에 대한 탐구는 삶의 근원을 사고하는 일이므로 고통을 수반한다. 불편을 이해하는 일은 고통을 수용하는 일이며, 그로써 이후의 삶을 끌어올리는 일이다.

그렇더라도 시가 우리에게 견딤과 수고만 강요하는 건 아니다. 낯선 사물들과의 마주침으로 생소한 기쁨을 주며 모르던 사실의 발견을 통해 놀라운 감각을 선물하기도 한다. 편안으로는 느낄 수 없는 경험, 편안으로는 보이지 않는 세계. '불편의 시학'은 나와 너, 우리에게 삶을 면밀한 방식으로 접근하게 한다. 불편해서 의자를 더 잘 알게 되었고 불편의 편에 있었으므로 당신을 잘 보게 되었다면 시는 이미 해답을 주고 있는 것이다. 그 과정에서 우리는 어제보다 달라진 시간을 만나게 되며 그것이 불편으로 획득하는 보상인 셈이다. 그렇게 얻은 인식이 겨우 궁극으로 가는 초입이라 해도.

'불편'을 시작으로 나는 아닐 '불不' 자를 좋아한다. 자주 '불안'하고 '불리'한 쪽이고 '불편'을 수용하는 편이며 '부족'에 시달리고 '불가능'에 무한한 매력을 느낀다. 그런 사고가 자신의 시와 삶의 주변을 담당하고 있다 여긴다. 아닐 불 자가 나를 먹여 살리는 셈이다. 따뜻한 곳을 벗어나 차고 어두운 것을 따라나선 일, 그것이 나의 저항이고 내 시를 채운 인식인 셈이다. 불안과 불편을 날씨의 맑음과 흐림처럼 자연스럽게 일상에 편입해버린다. 아무렇지 않게 한 가족이 되자 불편과 편리, 불안과 평안의 경계가 무의미해졌다. 불편은 내가 산책길에서 들이마시는 신선한 공기와 다르지 않다.

그러나 좋아하지 않는 불 자도 있다. '불신' '부정' '불법' '부실' 등이 그것이다. 앞선 불 자와 뒤의 불 자의 차이는 무얼까? 이성복 선생께서 강의 중 강조한 말씀이 있다. "시는 칼끝을 자신에게로 향하게 하는 것"이라는 말씀. 매우 강렬했다. 다치고 상처받는 쪽은 상대가 아니라 시인 자신이어야 한다는 것. 나는 그 말씀을 재빨리 나의 생각에 대입했다. 즉 '불안 불편 불리 부족 불가능'은 칼날이 자신을 겨누고 있는데 반해 '불신 부정 부실 불법' 등은 칼끝이 상대를 향해 있다는 것, 상대를 다치게 한다는 생각으로 이어졌다. 문학의 자기희생, 자기 불리가 어떠해야 하는지 분명해졌다. 불편은 의심으로 시작했으나 확신이 된 자산처럼 옆에 있다.

뒷모습에 대한 생각

그를 사랑한다 했던가. 그 사랑에 뒷모습이 포함되어 있을까. 사랑의 상당 부분은 사랑 안에 머물고픈 자기도취이며 과장되고 격앙된 감정의 건더기이다. 사랑 그 자체에 객관이 결여되어 실상들을 왜곡하거나 수식하기 쉽기 때문이다. 사랑은 스스로 감정의 유희가 가능한 점 때문에 성립하는 것이지만 간과하기 쉬운 그 본질을 위해 냉철한 이들은 뒷모습을 상정할 것이다. 하나의 잣대로 설명할 수 없는 사랑의 중의성 때문이라 할까. 혹은 묘한 함정을 가진 뒷모습의 특성 때문이라 할까.

그를 다 본 것도 아니고 다 아는 것도 아닌데 사랑을 했다. 그리고 보통의 수순처럼 갈등이 있고 고민이 왔다. 이후는 누구나 어떤 식으로든 정리 단계를 가질 것이다. 양쪽의 감정이 합리적으로 이해되지 못할 때의 이별 형식은 참으로 곤혹스러운 것이다. 우물쭈물 마지막 순간까지 예우를 다하고자 줄다리기도 하고 빈 찻잔만 만지작거리며 입장 가능한 시간을 메우다가 헤어질 때, 하필 해질 무렵 석양을 배경으로 선 그의 뒷모습. 아! 뒷모습에서 뒤늦게 막 통증이 느껴졌던 것, 다 끝낸 이 형식들을 어떻게 하려고…….

뒷모습에는 말하지 않은 말이 있고, 설명 불가한 잔여물이 있다. 뒷모습은 남의 것이다. 결코 스스로는 죽을 때까지 볼 수 없는 하나의 정직, 하나의 진실을 위해 인간은 뒷모습을 가졌을 것이다. 돌아가던 그의 뒷모습에 비애와 연민의 요소가 가득했다. 목적에 급급하여 볼 수 없었던, 가늘고 푸르스름한 기운. 수식도 없는 후줄근한 모습이 일순 짠했다. 심리만으로 가늠되는 부분은 그렇게 모호함을 남긴다. 어긋나며 이어지고 다시 어긋나는 그런 것,

만나고 헤어지는 일상의 주변, 절망하고 분노했던 대상의 주위에 어김없이 뒷모습이 있고 그것이 주의를 끌었다. 시의 시선도 앞이 아니라 뒤일 것이다. 깜찍하고 화려한 앞모습에 취해 쉬 볼 수 없는 뒷모습. 사람이나 사물의 뒷모습을 보기 위해 정성과 견딤의 시간이

마련되었을 텐데, 그렇다면 보지 못한 뒷모습은 보이는 것에 급급했던 편의에 가려진 것일까. 스스로의 선택이겠지만 지금 돌아서는 사람들은 상대의 뒷모습을 보라. 되돌아가지 않더라도 이전과는 다른 이해와 이유가 마련될 것이다.

시의 내용도 삶의 뒷모습에 대한 서술이다. 하나의 뒷모습이 다시 뒷모습을 낳고 다른 뒷모습을 낳을 것이다. 그것들이 다 비슷하다고 말하지 마라, 무수히 다른 뒷모습을 발견하게 될 것이다. 접근만 했을 때는 비슷하던 것들이 밀착해보면 결코 비슷하지 않다. 눈물겹고 유유幽幽하다. 그렇게 사실들은 별개로 존재하며 그걸 보고자 했던 노력이 뒷모습일 것이다. 뒷모습의 세계, 만나고 이별할 수밖에 없는 배후를 열이고 백이고 나는 모시고 산다.

뒷모습은 자신도 손대지 않고 남겨두는 성소 같은 곳. 뒷모습이 일면 종교적으로 느껴지는 이유가 그 때문이다. 실상은 잠시의 체온만 나눈 채 스쳐가고, 남은 곳을 더듬어 우리는 먼 시간을 갈 것이다. 텅 빈 허무가 우리가 찾아 헤매던 진심이라는 것도 알게 할 것이다. 왜 춥고 먼 아름다움을 선택했을까. 말해지는 것 너머 보이지 않는 데 기대어 오늘을 산다. 삶이 포착하는 그 곳, 놓친 곳을 더듬는 여전히 미명과 미지인 불빛으로.

낙서하세요

책을 펼치다가 언제 한 건지도 모르는 낙서를 발견할 때가 있다. 까마득히 잊어버리고 끼워둔 것들, 낙서들은 책갈피 속에서 옴짝 않은 채 숨죽이고 있다가 책을 펼치는 순간, 기지개를 켜며 약간 바랜 눈빛으로 나를 과거의 시간 속으로 데리고 간다. 5년 전, 10년 전 아니면 훨씬 전, 시기도 이유도 알 수 없는 낙서들이 때론 민망하게 때론 가련하게 지워지지 않은 채 남아 있다가 도리어 나를 바라본다.

낙서 종이는 허술할수록 좋다. 일기는 여러 번 고친 적 있지만 낙서를 고치지는 않는다. 나는 낙서 추종자이다. 전화를 받으면서도 연신 낙서를 한다. 상대방의 이름이나 대화 내용을 적기도 하고 그때그때의 심정을 적기도 하며 무수한 동그라미나 세모, 꽃문양과 별표 들로 종이를 가득 메우기 일쑤다. 그리고 그런 낙서들을 구겨버리지 못하고 책 여기저기에 끼워놓는다. 혹 누군가에게 발견되면 민망하고 유치한 수준을 벗어날 수 없지만 예기치 않게 적은 낙서 가운데 살아남은 문장들은 요긴하게 글이 되었다. 덤인 것이다.

낙서는 인간이 할 수 있는 표현 중 가장 자유로운 형식이다. 아무런 구속력이 없다. 자신보다도 솔직한 수단이 된다. 낙서할 때 긴장하거나 억압을 느끼는 사람은 세상에 없을 것이다. 낙서라는 것의 하찮음, 트리비얼리즘trivialism이라 분류되는 그것은 인간에게 우월의식을 주며 전혀 구속력 없이 자신을 표출할 수 있도록 해준다. 장소도 불문이며 도구도 천차만별, 최소한 연필과 종이만 있으면 가능한 작업이다. 그 소홀한 것에 오히려 진실이 있고 정직한 몰입이 있다. 내가 낙서한 종이를 버리지 못하는 건 거기에 나만 아는 순간의 심리와 연상이 있기 때문이다.

나는 낙서를 옹호한다. 햇살 쨍쨍한 날, 갈 곳 없어 죽치고 앉은 구석진 카페에서의 시간, 내 뜻으로 정의할 수 없는 세상에 대한 적의, 또는 도저히 그냥 지나갈 수 없었던 막막한 격정과 울음을 받아준 것도 낙서이며, 까닭 없이 들뜨는 흥분과 대책 없음을 지그시 눌러

준 것도 낙서이다. 말하자면 낙서는 내면의 기복을 그린 등고선이며 터져 나오려는 울음을 덮어준 이불이었다.

그런 연상 가운데 아래와 같은 글들이 더러는 바래고 더러는 구겨진 채 끌려 나와 있었다.

-낭자한 울음도 그 처음은 사소함이다.

-미세한 먼지 한 톨이 회로를 멈추게도 한다.
 당신의 표정에 끼어든 먼지. 기다림의 회로가 순식간에
 다른 기류로 바뀌어.

-돌아올 수 없는 땅, 돌아올 수 없는 이유
 타클라마칸

-등을 먼저 보이는 사람, 따라가지 마라. 등은 수식이다.

-수목원에 가면 나도 나무, 너도 나무, 모두 나무. 나무가
 그걸 좋아할까.

-메멘토 모리, 당신의 모순을 제발 당신이 가져가세요.

-네가 죽었으면 좋겠어. 나는 나를 죽일 수 있을까?

낙서 안에서 불가능이란 없다. 끔찍한 생각이나 실현될 수 없는 갈등도 낙서에서는 가능하다. 교양적인 포즈도 없으며 불화하는 사랑도 숨김없이 나타난

다. 걸러지지 않아도 되며 수식도 필요치 않다. 내가 아버지이고 제왕이며 차디찬 설산이자 노란 먼지가 되기에도 좋다. 모든 것이자 아무것도 아니라는 상반된 허무까지도 좋다.

요절한 미국의 화가 바스키아의 낙서 속에는 완벽한 자유가 있다. 아무런 구속도 없이 뱉은 내면의 꿈틀거리는 선과 색채는 우리의 어떤 해석도 거부하는 듯이 그 자체로 저항이고 언어이다. 그렇기에 무슨 뜻인지, 뭘 표현했는지 알 수 없고 굳이 알 필요도 없다. 낙서는 완벽하게 개인적이며 주관적이므로 본연에 가깝다. 뉴욕 브루클린의 뒷골목에서 본 그의 벽화는 단순히 낙서가 아니었다. 이야기가 있고 아픔이 있었다. 다분히 회화적이었으며 뭉클하고 신선했다.

바스키아는 백인 중심 사회에서 흑인인 그가 달리 표현할 길 없었던 울분이나 좌절을 분출하는 방식으로서 낙서를 시작했겠지만, 자유로운 사람은 더 이상 두려울 것이 없고 두려움이 없는 사람은 담대할 수 있다. 그가 지하철 차체나 건물의 벽, 친구의 아파트, 냉장고, 화장실 등에 한 낙서들은 아무것도 의식하지 않은 그만의 자유일 뿐이었다. 인간의 교양적인 판단이 개입할 필요 없는 절대 순수가 그의 작업을 예술이게 했고 그 바탕은 독창적이었다.

그러나 디지털 시대는 낙서의 낭만성을 앗아갔고 이제 사람들은 낙서 대신 휴대폰에 나타나는 메시지나 SNS에서 익명의 글들을 쓰고 읽지만 그것들은 지난 시절의 낙서가 아니다. 낙서의 본질은 은밀하게 이루어진다는 데에 있다. 유일한 카타르시스였던 낙서는 이제 우리들 곁을 떠나거나 잊히는 존재가 되었다. 온라인 매체를 통하여 실시간으로 공개되는 배설들이 무슨 낙서란 말인가. 낙서도 고통이 있을 때 극대화된다. 커피숍에 앉아 낙서를 하거나 공원 벤치에서 혼자 뭔가를 끄적거리는 일은 이제 찾아보기 어렵다.

어찌됐건 낙서는 순수하다. 글씨거나 기호거나 무의미한 장난일지라도 그 속에는 낙서한 사람의 심리가 있다. 슬쩍 얹히는 쓸쓸한 심사와 차마 할 수 없는 고민들이 너울대는, 때때로 눈물겹고 때때로 아득한 무언가가 있다. 낙서의 숨소리라 할까. 오래전에 본 영화, 왕가위 〈타락천사〉에 나오는 장면. 남자 주인공을 은밀히 사랑하는 여자는 그 남자가 출근하거나 아파트를 비우면 남자 몰래 아파트로 가서 깨끗이 청소도 하고 그가 누웠을 침대에 누워 보기도 하고 그가 했을 일들을 상상하며 혼자 시간을 보낸다. 그러다가 그의 쓰레기통을 뒤지면서 이런 말을 한다.

쓰레기통을 뒤져보면 그가 요즘 무슨 생각을 하는지 안다.

현대인의 삶은 어디 기댈 데 없이 외롭고 관계망도 복잡하다. 내가 누구인지도 모르고 살아가는 삶의 틈바구니에서 불신이 강조될 때 저마다 낙서장 하나씩 가지면 좋겠다. 낙서에 암울했던 아픔과 파렴치한 세상에의 분노와 현실의 괴리들을 분출했으면 좋겠다. 분노와 원망이 타인과 세상에 투사되면 또 다른 비극이 되지만 스스로 정리되는 방식이면 자기 정화의 요소가 된다. 낙서는 그런 역할을 하리라.

오늘도 낙서한다.

-강릉이라는 이름만 들어도 가방을 싸고 싶다,

-벤치가 아름다운 동네에서 나는 앉지를 못하는 사람,

-별거라는 단어가 별천지 같은 이유,

-통영의 휘파람새 소리와 대구의 휘파람새 소리가

다른 이유를 아니?

낙서는 요구하거나 평가하지 않는다. 그냥 받아줄 뿐이다. 이보다 더 친근한 동료가 있을까. 자유로움이 가장 수월하게 실천되는 방법. 낙서라는 기록이 취향이 된다면 공허하지만은 않을 것이다. 사랑이나 삶이 낙서였다면 나는 더 진솔했을까? 낭비했을까? 과감했을까?

다시, 존재하거나 부재하는

배추나 무 같은 채소는 뿌리와 잎의 경계 부분에 가장 영양소가 많다. 과일 역시 껍질 바로 안쪽, 껍질과 과육이 맞물린 지점에 비타민이 몰려 있다. 껍질째 먹으라는 말은 이 때문이다. 이렇듯 한 사물의 핵심적인 부분은 사물의 두 성분이 만나는 지점, 어떤 '자리'에 존재하는 것 같다. 그렇다면 '자리'란 무엇일까. 흔히 사물과 사물 사이, 사람과 사람 사이에 존재하는 그 자리라는 지점은 상태와 운동을 의미하기도 한다. 정적이면서 동적이고 차안이자 피안일 것이다. 관계가 존재하면서 생기는 자리, 존재가 존재이기 위해 상정하는 자리, 그곳은 대상과 대상의 관계를 매개하는 민감한 접점이 아닐까.

일상에 있어서 경계의 부분은 어떠한가. 우선 시간적인 경계로서의 '지점'을 보자. '여름' 혹은 '가을'이라 뭉뚱그려 이야기할 때보다, '여름과 가을 사이'라고 말할 때, 그리고 '3시' 혹은 '4시'라 말할 때보다 '3시와 4시 사이'라 할 때 어떤 지점이 형성됨을 알게 된다. 우리가 '새벽'이란 말과 '저녁'이란 말을 특히 좋아하는 이유는 그것들이 각기 밤과 아침 사이, 낮과 밤의 경계에 존재하는 지점이기 때문이며, 그 시점에 조성되는 미묘한 정서 때문일 것이다. 마찬가지로 사랑과 미움이 교차할 때 감정은 최고조가 된다.

그러면 다시 공간적인 경계를 살펴보자. 미물인 생명체들도 물체와 물체의 틈에 기생한다. 바위와 돌 틈에 가재와 새우가 살며, 돌에 생긴 가느다란 틈을 비집고 난초가 올라온다. 음식과 공기가 맞닿는 지점에 부패가 일어나며 그것은 곧 유기체가 탄생했다는 것을 말해준다. 물론 시간성과 공간성은 서로 밀접한 관계망으로 짜여 위치를 공유한다. 마찬가지로 현상들은 사람과 사람 사이, 희망과 절망 사이, 삶과 죽음 사이에서 발생한다.

탁자 하나를 사이에 둔 위와 아래가 그러하고, 사랑하면서 갈등하는 애정이 그러하고, 살아가는 동시에 죽어가기도 하는 섭리가 그러하다. 사이라는 지점은 이쪽도 아니고 저쪽도 아닌 미묘한 지점이다. 그렇다고 내면도 아니고 외면도 아니며 나도 아니고 나 아닌 것도 아닌 그런 역설의 지점이기도 하다. '나'와 '너'라고 하면 그저 각기 독립된 개체일 뿐이나 '나와 너 사이'라고 할 때 비로소 사랑이나 원망, 의심과 갈등 등 삶의 질곡이 생겨난다. 그 '지점'에서 흘러나오는 것이 스토리이며 삶을 이루는 내용이다. 그 내용들의 이미지와 잠재를 함축된 언어로 드러낸 것이 시인 것과 같다.

시가 현상과 감성의 충돌에서 생겨나듯 여러 살아 있는 이야기도 기존과 미지가 충돌하면서 생겨난다. 그 충돌에 의하여 섬광과 같은 빛을 얻는다. 그렇다면 인식에 있어서 한 지점이란 현실에서의 외연과 자아로서의 내연의 요소가 서로 마주치거나 갈등을 일으키는 곳이라 할까. 그 요소를 언어로 포착하여 삶의 내밀함을 찾아가는 일이 시 쓰기일 터이다. 물론 그 추구는 어디까지나 아름다움을 벗어나지 않아야 한다.

시가 힘을 가지는 때는 그런 순간이다. 시의 힘은 사랑의 다른 이름이다. 취한 일보다 놓친 일, 안다고 말하는 지점보다 모른다고 느끼는 지점, 환호하는 순간보다 좌절하는 순간에 시를 만날 것이다. 고통이 끼어들기 때문이다. 쉬 위로하고 받으려는 데는 시가 오지 않는다. 넘어진 자리에서 다시 넘어지는 것. "실패하라, 다시 실패하라, 더 잘 실패하라"라는 베케트의 말은 인간의 태도와 함께 시의 자리를 보여준다. 말하고 싶으나 말해지지 않는 불통인 것, 보이지도 않으며 만질 수도 없는 난관인 것, 그리하여 시가 아니면 도저히 비집고 들어갈 수 없는 그곳! 말하자면 그런 '자리'에 흩어진 절규와 한숨들이 겨우 시일 것이다.

그리고 무엇보다 '자리'가 중요한 것은, 단절된 것을 매개해주는 장소성과 앞서간 것과 뒤에 올 것을 지속케 하는 역사성 때문이다. 유기체들 역시 그런 순환의 고리로서 존재한다 하겠다. 결코 새롭다 할 수 없는 이 문제들은 비껴갈 수 없으므로 이어지는 관계가 된다. 시의 바탕을 시간과 공간의 지점인 '자리'에 놓아보았으나 한편 뒤집어 말해보면 순환하는 그 '자리'란 존재하거나 부재하기도 한다. 그러면서 나아가보는 것. 무엇을 만날지 도무지 알 수 없는 상태 그대로.

흐르는 슬픔으로

팀 아이텔의 〈보트〉라는 그림을 보면 두 사람의 남녀가 등을 보이며 말없이 노를 저어가는 광경이 있다. 얼마나 먼 곳인지 그곳이 어디인지 알 수 없는 물 위를 가고 있다. 앞으로 나아가고 있다는 느낌만은 분명했다. 그렇게 바라는 게 무엇인지 알 수 없는 채 나도 함께 노를 저어가는 느낌 안에 있었다. 작은 배가 나아가고 있는 그곳, 너머를 알지 못한다는 건 두려움과 가능성을 동시에 갖게 하지만 가능성 쪽으로 믿음을 둔다. 우리는 나아가야 하니까.

금호강이 보이는 아파트에 살 때 커다란 창으로 들어오는 강은 내 정서의 입구이자 출구였다. 그 강을 통해 아침을 보았고 아픔을 생각했다. 아득한 마음이 들거나 참혹한 기분을 다스려야 할 때도 창밖을 보았고 그때마다 강이 있었다. 금호강은 낙동강의 지류로

서 포항에서 시작하여 영천을 거치며 대구로 흘러들어 원류인 '낙동'에 합한다. 막막한 바다와 달리 강의 물줄기는 창의 동쪽에서 서쪽으로 휘돌아 나고 들었으며, 그 곡선을 이루는 실루엣은 다정하고 아름다웠다. 강물 위에 하얀 보트 하나 띄우면 나도 어딘가 갈 수 있을까.

완만하고 유려한 곡선, 흐르고 흘러서 이루는 강과 강줄기는 시간과 공간에 공히 가담하며 어떤 연유를 나누는 인간의 일처럼 사연과 고통에 동행하고 있다는 느낌이었다. 강의 양쪽 고수부지엔 산책길이 조성되어 사람들은 아침저녁 강변을 거닐며 강에 수렴되거나 편승하고 있다. 시내에 자리하고 있으면서도 번잡함을 비껴나 있는 이 공간은 혼자를 느낄 때 특히 요긴했는데 나는 저녁 강물에 붉은 나의 하루를 풀어놓곤 했다.

우리가 어떤 장소에 기울어질 때는 내면의 요구가 정주 의식과 상응할 때이다. 기억이거나 상처 혹은 다스려야 할 번민이 깃들 곳을 찾는 것이다. 그러할 때 나는 강가에 서고 강은 조용히 말을 건넨다. 원점에서 다시 조율해보라고. 너는 지금 아픈가? 누군가를 원망하는가? 아니면 불가능한 일에 집착하고 있는가? 강은 모든 것은 나의 것이 아니니 욕망뿐 아니라 번민이나 고통 역시 흘러가는 거라고 귓속말하는 듯했다.

햇살 부신 날 강은 수면에 천 개의 표정을 보내준다. 내가 강의 실루엣 다음으로 마음을 앗기는 건 물살과 물결이다. 수면에 복사되거나 편집되는 무늬를 나는 소중하게 마음에 담고 또 담았다. 거기엔 바람과 햇살이 조우하고 있었는데 자잘한 평면의 주름과 파닥이며 수심에 닿는 빛의 무늬는 천 개의 아름다움을 연출하고 있었다. 잠시도 쉬지 않고 움직이는 빛의 파동과 그로 인한 물무늬의 현란한 뒤챔을 시신경에 저장하고 또 저장했다.

수면에 일렁이는 물무늬라면 센강에 떠 있는 르누아르와 모네의 물결도 있다. 센강에 보트를 띄우고 담소하고 있는 그들 그림 속의 풍경들. 유독 강렬하게 시선을 압도하는 것은 역시 물과 물무늬이다. 르누아르가 스토리와 배경의 유려함에 치중했다면 모네는 물무늬 사이 햇살과 바람의 음영이 만드는 지극한 묘사에 마음을 두었다. 금방이라도 물살에 빨려들 듯 흡입력을 느끼게 한다. 물결의 암청색이 손에 묻을 듯 현장성까지 보여주는데 그 보트들은 그림 속 사람들의 유희였을까, 혹은 지향이었을까?

어느 날 저녁 캔 맥주 하나 들고 강변에 앉아 있었다. 막 지고 있는 노을이 수면에 반사되면서 눈을 찌르고 그것이 신호라도 되듯이 나는 울고 있었다. 아닌데, 이게 아닌데, 나는 그러하지 않았는데 왜 삶은 오해가 많은 건지. 살핀다고 해도 주변의 공기는 익숙해지질 않는 건지. 세상은 왜 자꾸 다른 말을 하는 건지. 싸잡아 서러움의 구덩이를 파고 있었다. 그러자 노을은 빠르게 어두움으로 바뀌었다. 어둠 가운데서도 불빛을 받아 살아 움직이는 물빛과 물결이 젖은 눈 안으로 와 함께 찰박이고 있었다. 이런 것이 슬픔이야. 삶이야.

건너편 봄 나무들을 자주 바라보았다. 망우공원을 배경으로 강둑에 선 나무들의 형상을 얼마나 사랑했던가. 말없는 직립을 얼마나 옹호했던가. 4월, 연두가 시작될 때의 밤의 나무들은 어둠을 배경으로 침묵하는 그림으로 보이지만 백미라면 연두가 천상의 빛을 갖는 오전 10시와 11시 사이이다. 그리고 동쪽 연안에서 서쪽으로 바라보는 풍경이 더 고혹적이라는 말을 귀띔해주겠다.

그리고 물결의 움직임과 빛깔만으로도 물의 온도를 감지한다는 말은 믿어도 된다. 물의 움직임이 한결 가벼워지고 반사되는 빛깔에 청량감이 돌면 가을이 온 것이다. 언덕의 풀들이 조금씩 힘을 버리고 사람들의 걸음이 빨라진다. 군데군데 억새가 회백색으로 반사되는 저녁에 나는 느릿느릿 걷는다. 오늘 나는 누군가를 불신했는데, 오만했는데, 그것이 내가 옳았다는 뜻이 아님을 강은 말해주었다. 강물은 일찍이 구획을 다 지우면서 흐르는 방법을 보여주고 있었는데.

어느 겨울 날 아침 나는 입을 꼭 다물고 말았다. 강물이 얼어 평면이 되어 있었다. 쉼 없이 파동을 만들어내던 물결들이 멎었다. 완고한 침묵이 시작되었다. 나의 흰 배는 연안으로 끌어올려지지 못한 채 아랫도리가 콱 박혀 있었다. 평면이 된 빙판 위로 준엄한 말씀이 오고 갔다. 알겠느냐? 너는 너를 보겠느냐? 그리고 닫힌 소리를 듣겠느냐? 질문하는 듯했다. 일시에 멈춘 정경은 또 다른 신비였다. 말없음을 헤아리라는 의미, 보이지 않는 수심을 짐작하라는 과제. 마음이 바빠진다. 침묵하는 동안 나는 침묵의 뜻을 배워야 한다.

그 겨울은 오래 추웠다. 대지 위를 흰 눈이 덮었을 때 빙판 위에도 흰색이 포근히 깔렸다. 얼음 위를 덮은 눈, 침묵 위를 덮은 또 다른 침묵, 영영 드러나지 않을 비밀과 은폐를 생각했다. 저 흰빛의 무서움, 진실은 어떻게 세계를 통과해 나갈 수 있을까? 우리는 어떤 시간과 노력을 지불해야 될까? 그러나 지나침은 기우를 낳았다. 꽁꽁 언 빙판이나 빙판 위를 덮은 눈은 염려보다 빨리 사라졌으므로. 질문을 던져두고 스스로 모습을 지운 선사처럼 눈은 사라졌고 얼음은 녹아 다시 강에게 본래의 물결을 돌려주었다.

풍경들은 진솔하다. 섭리를 이행할 뿐이다. 강이 존재했던 마음은 스스로 남지 않는 것. 남는다면 누구에게도 돌부리가 되지 않는 것. 세계의 질서에 고요한 수위가 되는 것. 내가 강을 사랑하는 이유이다. 가까이 나무나 바람의 언어, 위로와 은혜를 생각하게 하는 정경들, 그리고 공존하는 새와 벌레들의 조화. 흔적 없이 와서 만나 흐르고 사라지는 것. 그것이 또 다른 기약이며 사랑이란 것을 비밀스레 확인하였다.

그 가까이서 나는 생각했고 고민했고 사랑했고 아팠다. 강과 나는 독대했다. 아무튼 강과 나는 '혼자'라는 게 좋았다. 그곳을 떠나온 후에도 마음이 추울 때면 나는 그때의 시간들이 잘 보이는 동쪽 연안에 차를 세우고 오래 서성인다. 때론 꼼짝 않고 두어 시간을 머물곤 한다. 나는 아직 흘러갈 곳이 있는가. 팀 아이텔은 인터뷰에서 그의 작품 속 인물들의 고적과 무한에 대해 이렇게 말하고 있다. "고립되어 있을 때 사람은 더욱 긴밀해지지요. 그리고 '혼자'일 때 사람은 성찰로 자신을 좀 더 잘 알게 되는 것 같아요." 내가 금호라는 강가에서 받아 안았던 슬픔, 아름다움, 놀라움을 더 나은 것에 사용하겠다고 말해본다. 오래도록 상응의 노래로 남을 강과 물과 일렁이는 결과 그 위에 늘 먼 당신과.

2부

부르면 와줄까,
그 슬픔

그 슬픔 1

슬픔은 소망하는 일이 이루어지지 않거나 상실감이 있을 때 발생하는 감정이다. 우리는 슬픔이란 단어를 피하려 애써왔고 슬퍼하지 마라, 되도록 슬픔을 잊고 살라는 말을 위로의 뜻으로 사용했다. 그러나 나는 "오늘 슬펐습니까?"라고 말한다. 슬픔은 온전히 자기경험, 자기희생으로 수렴된다. 슬픔을 수용하는 사람은 다른 사람이다. 난폭할 수가 없다. 슬픔의 속성이 수동적이며 소극적이기 때문만은 아니다. 한창 이슈가 되는 가정이나 직장 내 폭력과 성폭행 그리고 사회적인 이기와 무차별 테러까지… 안타까운 이야기는 어제 오늘이 아니다. 이것 모두 칼끝이 상대를 겨누고 있는 방식이다. 폭력을 근절하는 일은 쉽지 않다. 그러므로 폭력의 반대를 이용해야 한다.

폭력의 반대말을 묻는다면 무어라고 대답하나?

대부분 '비폭력' 혹은 '사랑'이라 대답할 것이다. 그 단어들은 원론적이라 무책임하게 느껴지기도 한다. 나는 폭력의 반대말을 '슬픔'이라 하겠다. 폭력은 외부로 향하고 슬픔은 내면에서 작용한다. 종교나 학습이 강요된 선善이라면 슬픔은 자발적 선이다. 슬픔은 상대를 해하려는 방식이 아니라, 어떤 경우에도 자신을 정화하여 사안을 이해하려는 태도이기에 숭고하다. 인터뷰에 따르면, 소설가 한승원이 그의 딸 한강 소설가에게 어릴 때부터 강조한 말이 슬픔이었다. "슬픈 눈빛을 지녀라. 눈빛이 슬퍼야 세상을 꿰뚫어 볼 수 있다." 깊고 아픈 부탁이다. 폭력배에게 슬픔의 의미를 알게 할 수 있다면.

이기와 욕망으로 빚어지는 일련의 비극적인 상태들도 슬픔의 힘으로 다스리는 것이 유효할 때가 많다. 대부분의 경우 인간을 감동하게 하는 것은 질책과 나무람이 아니라 슬픔과 눈물로 다가간 이해라는 것을 기억한다. 나는 슬픔의 힘을 믿는다. "도대체 당신이 어떻게 그럴 수 있어?"라는 말 대신 "그런 당신이 나는 슬퍼"라는 말을 한다면 상황은 해결된다. 슬픔이 맑은 증류수가 될 수도 있다. 큰 불을 끄기 위해 맞불을 놓듯이 슬픔도 슬픔으로 씻어야 하리라. 어려운 시대일수록 시인이 할 일은 슬픔을 잘 사는 일일 것이다. 슬픔을 벗어나려 않고 그것들을 오히려 자산으로 삼는다면 그 정서는 외로우나 의미를 가질 수 있다. 그 선택이 궁극적으로 아름답다 말하는 것은 수렴과 포용의 방식을 취하기 때문이다.

우리가 현실에서 맞닥뜨리는 수많은 현상들에 대해 생각하고 판단해야 할 때에도 그 방식은 유효하다. 중요한 순간이나 다급한 순간에 하는 선택이 그 사람을 말해준다. 슬픔을 이해한다는 말은 끝내 아름다움을 지킨다는 말과 동의어이다. 시적 사유라면 더욱 그러하리라. 이러한 폭력도 있다. 때때로 어떤 장소를 소개하는 일이 그러한데 널리 알려 함께 공유하면 좋겠지만 우리들의 호기심은 그 장소나 공간을 무참하게 만들어놓는 경우가 많다. 스웨덴 호숫가의 브로콜리 나무의 비극이 그러하고, 캐나다의 황금가문비나무가 그렇게 희생되었다. 대학로 이화마을의 벽화가 낙후된 마을을 장식해주었으나 관광객의 등살에 견딜 수 없었던 것도 마찬가지였다. 말없는 폭력이다. 슬픔이라면 어떻게든 그걸 지켜야 했을 것이다. 소중한 것을 아끼는 마음은 무엇일까.

우리가 어떤 행위는 해야 하고 어떤 생각은 참아야 하는지를 살펴보는 일은 중요하다. 영화 〈월터의 상상은 현실이 된다〉의 등장인물인 숀 오코넬은 전설적인 사진작가이다. 그가 눈표범을 찍기 위해 아프가니스탄과 히말라야까지 가서 밤낮으로 대기하던 어느 날 드디어 눈표범이 나타났다. 그토록 기다린 일이건만 그는 셔터를 누르지 않는다. 왜? 라고 월터가 묻자 이렇게 말한다. "어느 때는 안 찍어. 그 아름다운 순간을 카메라로 방해하고 싶지 않아. 바로 그 순간 속에 머물고 싶은 거지."

많은 예술가들이 슬픔이나 고통을 예술로 바꾸며 자신의 삶을 곧추세우려 한다. 그중 삶의 불행이나 아픈 현실의 단면이 작가를 슬픔으로 몰아가게 했을 것이다. 열여섯, 시를 쓰기도 전인 그 시절, 고흐의 작은 화집을 뒤적이다가 어떤 스케치를 발견하고 깜짝 놀랐다. 찌르는 아픔이 지나갔다. 〈슬픔〉. 열서너 살쯤 되었을까. 머리를 헝클어뜨린 깡마른 소녀가 옷을 벗은 채 무릎을 감싸 안고 초점 없이 앉아 있는 흑백 스케치는 충격적이었다.

그림 속 그녀에게 무엇이 지나갔을까? 울음조차 잃어버린 소녀. 그녀의 축 늘어진 젖가슴은 애처롭고 가련하여 단박에 슬픔이 전해 왔다. 고흐의 빛나는 무수한 작품보다 나는 이 스케치를 오래 기억했다. 소녀에게 무슨 슬픔이 왔을까. 분위기가 많은 걸 말하고 있는데 그녀는 무참히 버림받았을 것이다. 스케치는 매우 사실적으로 접근하고 있었다. 고흐는 비참을 말하기 위해 슬픔을 그렸을 것이며 그 슬픔을 본 사람들은 슬픔의 뒤를 배워갔을 것이다.

나의 경우, 삶이 건조하고 중심을 벗어났다고 느낄 때는 십중팔구 슬픔을 멀리했을 때였다. 불필요한데 흔들리고 있을 때였다. 그럴 때 다시 슬픔을 불러온다. 허위가 많을 때는 불러도 좀체 오지 않다가 간절함이 엿보일 때 슬그머니 다가온다. 아무런 보상을 바라지 않는 슬픔의 뜻, 슬픔의 존재, 고도의 정서라 정의한다. 그런 이후 시는 정직해진다. 참혹한 현실들을 자신의 내면과 만나는 지점으로 인도해갈 때 슬픔이 참여한다. 그때 데려온 언어들이 자신을 잘 보도록 지켜줄 것이다. 그리고 그런 슬픔이란 어김없이 아름다움의 이름을 달고 있기 마련이었다.

그 슬픔 2

저녁 6시, 어두워지는 실내를 뒤로하고 창가에 서 있을 때 왈칵 슬픔이 왔다. 누가 부른 듯 느닷없이 밀고 오는 그것을 나는 어쩌지 못하고 끌어안는다. 슬픔, 저도 깃들 곳이 필요했던 거지. 하필 허약하고 서늘한 이곳으로 오는 이유는 동질감 때문일까. 종種이 같은 생물은 서로를 기막히게 알아본다는데 슬픈 개체들끼리 손을 내미는 일이야 놀랄 일은 아니다. 왜 저녁 6시는 막막한가. 돌아갈 곳이 없는 기분인가. 목덜미로 냉기가 스쳐가는 이 시간이 진저리치도록 사랑스럽다. 그리고 슬프다. 외출하지 않는 날이 늘어간다. 종일 실내에 있다 보면 나는 정물이 된다. 정물보다 더 정물이 되곤 한다. 벵갈 고무나무, 작은 오디오, 책장과 책, 컴퓨터, 탁상용 다이어리, 키보드들이 정지된 화면처럼 멈춰 있다. 간혹 고개를 돌려 창밖을 보거나 마우스가 딸깍 거리는 것 외엔 붙박인 정물이다. 나는 내심 이 고요가 좋다. 지금 움직이지 않는 것들은 생각을 부풀리고 있을 것이다. "그들은 너무나 조용하여 정물과 같다"라는 릴케의 시에서도 정지와 조준의 최대치가 느껴졌다. 진실은 커다란 목소리가 아냐, 거의 들리지 않는 소리야. 그런데 세상은 필요 이상으로 설명하라 한다. 이것도 슬프다. 다시 고흐의 스케치 〈슬픔〉을 자세히 본다. 그림 속 소녀에 강하게 이입되는 건 여성성에 대한 이유 이전에 인간에 대한 아픔 때문이다. 옷을 다 벗은 채 무릎에 얼굴을 묻고 있는 소녀, 버려진 소녀, 축 늘어진 젖가슴의 소녀는 바로 나이고 너이다. 슬프다 못해 아프다. 더구나 슬픔의 원인에 대해 아무런 항의도 할 수 없는 체념은 통증이다. 세계는 슬픔에 인색하다. 슬픔을 타인의 것으로 관망하는 사회는 성숙하지 않다. 슬픔은 대안 없이 홀로 소화해야 할 성질이지만 말하지 않는 소녀는 말을 잃은 것이 아니라 말할 필요를 못 느낀 것이리라. 개인의 슬픔이 극대화되면 그 지점에서 자신을 이길 수 있다는 쪽에 나는 선다. 고흐는 소녀를 통해 많은 소녀들의 슬픔을 불러내어 세상을 향해 전한다. 통렬하게 보여준다. 그대들이여, 슬픔을 아시겠는가.

시를 쓰는 바탕도 슬픔일 때가 많다. 논어 제3편에 '회사후소繪事後素'란 말이 나온다. 바탕을 희게 한 후에 그림을 그린다는 뜻인데, 이를 조금 바꾸어 바탕을 슬픔으로 해야 글이 잘 먹는다고 나는 믿는다. 나는 한 슬픔이 가면 다른 슬픔을 기다리곤 했다. 어떻게 슬픔 없이 살 수 있는가, 자주 되묻는다. 이제 실내는 완전히 어두워졌다. 바깥이 어두워지면서 공간은 축소되고 집약된다. 불을 켜면 바깥이라는 세계는 차단되고 오롯이 내가 남는다. 물이 그릇에 담기면서 정체성을 얻듯이 이제 내가 개체로 남는다. 너는 누구니?

슬픔은 선善을 지향하고 있다. 슬픔은 남을 다치게 하지 않으며 자기 안에서 자기 정화를 위한 것으로 기능한다. 슬픔은 불리와 불편을 감수하는 시의 지향과 상응하지만, 내가 슬픔을 선호하기 시작했던 건 시보다도 앞선 일이었다. 나는 슬픔에게 할 말이 없다. 아픈 고비마다 몽매에 떨어진 나를 꺼내주곤 했는데 이즈음 슬픔이 슬슬 떠나고 있는 게 느껴진다. 감각이 떨어지며 아둔해지는 건 물론 덜 간절하고 덜 절실하며 슬픔조차 깜빡 잊고 있을 때가 많은데 아, 이건 정말 슬프다. 날씨가 가장 맑을 때 악기의 음이 최고조에 이른다는 괴테의 말처럼 슬픔이 극명했을 때 그 안에서 내 삶도 나름의 고저를 가졌겠지만 기실 최고조의 음이란 지속할 수 없는 음이기도 하다. 이제 슬픔의 바깥에서 슬픔을 바라볼 때일까, 저녁 6시는 여전히 막막하고 가없지만 유리창에 비치는 제 모습을 가만히 쓸어보면 물기를 지운 그곳엔 있었던 듯도 하고 아닌 듯도 한 시간들이 차갑다. 이제 남은 시간 안에서 나를 견디고 세계를 견디어가는 일, 견딤의 시간이 시인의 시간으로 옮겨오기를 소망한다. 그러다 못내 저도 어쩌지 못하는 저녁을 지날 때, 아련함으로 부르면 언제든 와줄까? 그 슬픔.

시인은 나무를 베지 않는다

선생님은 수업이 시작될 때까지 나를 호명하지 않았다.

나의 차례는 더 이상 오지 않으리라.

– 발터 벤야민

아무도 호명해주지 않는 이름, 소외된 존재는 고독하다. 누구에게나 고독에 대한 첫 경험은 쓸쓸하게 왔으리라. 어떤 연유로 소외된 자신을 자각하게 될 때 소외는 그 자각으로 인해 자신의 고독을 이해하고 더 깊이 끌어안는 계기가 되었을 것이다. 소외도 객관화된 자아의 일면이다. 그런 타자화 된 자기를 만나는 일에서부터 '나'는 개체로서 태어나지 않을까.

자코메티는 조각을 통해 존재를 극명하게 드러낸 작가이다. 그는 대상에게 절대의 형태를 고집한다. 하나를 향해 집약되는 그의 공간에는 불필요한 수식이나 군더더기가 없다. 거기서 나는 시를 보았다. 어떤 삶이 그에게 명징함을 가르쳤을까. 생산과 소비의 개념이 깊숙이 창출되던 산업사회를 거치며 그가 추구한 절제의 미는 풍요와 대량생산의 물질적 가치와 대립한다. 그는 섬세하고도 최소화한 장치로 관념과 표상의 절대치를 이루어냈다.

그의 작품을 처음 맞닥뜨린 곳은 25여 년 전, 맨해튼 53번가 현대미술관이다. 설명할 필요 없는 삶이 있다. 설명하면 훼손되는 상황이 있다. 자코메티가 그러했다. 3층의 한 전시실 문을 들어서며 그의 조각품 앞에 못 박히듯 얼어붙었던 때, 내 시간과 공간이 송두리째 정지된 듯했다. 몰입은 행복했다. 내가 나를 잊으며 다가갔던 대상은 슬프도록 야윈 채 침묵하는 덩어리였다. 작품 속의 고독한 사내가 뚜벅 걸어 나와 내 어깨를 쳤을 때, 거기 내 호명되지 않았던 쓸쓸한 유년이 있었고, 오지 않을 생을 기다리던 을미년이 있었고, 수음을 알았던 자취방이 있었다.

소유하지 않으려 할 때 소유할 수 있으며 버리고 났을 때 비로소 얻을 수 있다는 것은 동양적 사고관이지만 극한에 닿으려 한 그의 철학은 동서양을 초월한 듯하다. 그가 주물인 오브제를 주무르고 늘이며 인간이 닿아야 할 궁극을 상정했던 것이 혹 내가 닿고자 했던 비유와 응축의 지점은 아니었을까. 나는 은밀한 동류항 속에 재빨리 그를 넣었다.

대상은 아무에게나 나타나지 않는다. 그것은 보고자 하는 사람에게만 빛이나 소리, 형태, 또는 언어로 온다. 더 많이 어둡고 더 오래 허기지며 더 깊이 좌절하고 있을 때는 어떤 사유로서 대상과의 조우가 절실할 것이다. 작가가 언어 앞에 절망하듯이, 자코메티가 무릎을 굽히며 다가갔을 대상은 어떤 기호처럼 절대를 표방하며 가느다란 몸으로 나타났다. 발견의 순간은 춥고 깊다.

앉아 있지 않고 서 있었던 것. 다수가 아니라 혼자였던 것. 서 있음의 의미는 긴장성과 지속성에 대한 은유이며 여럿이 아니라 혼자라는 건 절대의 고독, 절대의 존재를 지각했음이리라. 그의 조각품이 내뿜는 고적한 염결성은 최소화한 그의 생존에 다름 아니다. 내가 그의 작품 앞에서 전율했던 것은 설명이 불필요한 존재, 앙상한 존재가 그 어떤 것보다 더 많은 말과 의미를 보내고 있었기 때문이다.

존재를 드러내기 위해 수식과 볼륨을 버렸다기보다 불필요한 무거움을 한 겹씩 버리고 나니 존재만 남았을 것이다. 이때 존재는 언어이며 사상이다. 이미지

이전에 존재하는 언어, 자코메티는 버림으로써 살아남는 공간의 특수성을 이해했으며, 생략함으로써 강렬해지는 대상의 운동성을 통독했던 것이다.

작품 〈걷는 사람1〉이나 〈거대한 여인〉 속의 시선은 누구도 향해 있지 않다. 근원이되 실제이며 존재하되 부재까지 망라하는 것, 말씀들은 이미 오염되어 진실을 잃었다. 나는 아직 침묵을 모르나 저 조각품 안의 사람이 침묵하는 이유에 기꺼이 공감하며 은밀하게 즐거웠다. 마음을 보내고 싶은 대상이 생겼다는 동질감은 희열이다. 침묵 자체가 이미 해답이며 해답으로 가는 대화였다.

다변의 시대, 다변은 자칫 진실을 간과하며 독선에 가까워지기 쉽다. 어느 시대에나 다변의 횡포가 고독자의 다락방을 뒤진다. 숨은 안네 프랑크를 뒤지고 유태인 피아니스트를 색출하고 우리의 윤동주를 죽게 한다. 그리고 지금은 최첨단의 기기를 이용하여 머릿속까지 뒤지며 침묵하는 의미를 단죄한다. 말하는 대로 믿지도 않으면서 자백하라 한다. 그래서 자코메티는 침묵을 선택했을 것이다.

〈광장〉의 사람들은 향하는 바 분명한 자신의 목적

을 흩뜨리지 않고 있다. 인간이 인간으로서 위로될 수 있다는 믿음은 바보들의 것이다. 네가 나의 방편이 아니듯 나 또한 너의 위로가 아니다. 차가운 구도 한편에 머무는 야윈 청동의 개체일 뿐이다. 지하도를 오르내리는 수많은 사람들, 엑스선을 투과할 때 천 개의 이름 대신 하얀 뼈대로만 남을 사람들, 일몰의 시각에야 문득 자기를 만나는 저 도시의 처연한 존재들은 다 누구인가. 자코메티는 복잡한 네거리, 혹은 패스트푸드점 구석까지 따라와 미처 정의하지 못한 삶의 비의를 곡진하게 보여주고 있다. 너무 많이 말하지 마라, 기다리지도 마라, 의미하지도 마라.

〈개〉. 앙상한 개의 등뼈 찢어 가르며 세상의 나팔소리는 지나갔다. 빛나는 광휘의 끝이 적막이었다는 것과 끓는 피의 가장자리에서 죽음은 마지막까지 보글거리는 라면 냄새를 풍기고 있었다는 것을 개는 알아버렸다. 길게 드리운 꼬리와 무겁게 숙인 고개는 인간이 지나쳤던 소멸의 정곡을 개가 미리 알아버렸단 뜻이다. 환난은 짐승이 먼저 안다.

그렇게 나는 자코메티를 만났다. 내가 그를 빌어 말을 하고 그를 빌어 침묵에 동행한 셈이다. 자코메티는 침묵으로 관계하는 방식을 공간 속에서 찾아낸 뒤 청동의 주물을 부어 너를 빚고 나를 빚었다. 살을 깎고 침과 피를 고아내서 잃어버린 정신을 복원했다. 그가 가리키는 곳, 서 있는 곳, 성큼성큼 걸어가는 곳은 바로 여기, 우리들이 잠자고 먹고 배설하는 삶의 가장자리, 허약한 존재의 결이다.

액세서리와 덧칠이 어울리지 않았던 나의 치장법이나 나지막한 목소리 따위를 가지고 그와의 인연을 말하려 한 것은 내가 그의 청동의 기차에 동승하고 싶기 때문이다. 가느다란 샤프심으로 그은 철로 위를 달리던 그의 기차는 기적 소리도 없었다. 한 공간에 적절하게 서 있는 물체는 스스로 그 공간에 소리와 빛이 된다. 어떤 입체, 즉 형태를 가지는 것은 평면들의 율동, 평면들의 욕망, 평면들의 아우성으로 탄생한다. 그 자리에 나의 이름이 호명되지 않으면 더 좋겠다. 아름다운 시인이 나무가 되려하지 않듯이.

왜가리가 바라보는 곳은

오전 11시, 산길은 비어 있고 곡선으로 휘돌아 가는 흐름이 부드럽다. 비를 먹은 나무들, 나무를 먹은 산들, 산을 먹은 대지들, 이 땅의 수유가 인간의 목마름까지 적셔주고서 지금은 고요하다. 그 푸르렀던 여름이 가고 있다. 한티재 지나 군위 경계에서 첫 신호 좌회전을 받고 곧장 가면 부계면이 나오고 이어 화계와 마시금매에 닿을 무렵 오른쪽으로 펼쳐지는 앙상한 참나무 숲과 그 위를 희게 덮고 있는 수백의 왜가리 떼를 만나게 된다.

무리 지어 있는 흰빛과 잿빛의 생명들, 멀리서도 가아욱 가아욱 소리 내며 낯선 이들을 저어하는 경계의 몸짓이 보인다. 내 속에 감추어둔 삶도 왜가리와 다르지 않아 늘 무언가를 경계해왔다. 그건 어떤 강박들로 인하여 본능에 솔직하지 못한 자가 가지는 심리일 것이다. 저 왜가리가 날갯짓하는 공중의 바람결은 흔적이 없고 내가 허비했던 보행은 그런 흔적 없음조차 닮지 못했다. 낯선 것을 향하여 뚫고 나가지 못하는 두려움이 경계를 먼저 배웠던 것.

왜가리가 날아가면서 막 떨군 깃털 하나를 주웠다. 미지근한 체온이 남아 있는 깃털. 우리들이 누군가에게 전달하고 싶어지는 마음도 이 깃털의 온도처럼 살아 있음의 흔적이 아닐는지. 먼 그대를 향하는 사모가 이 깃털만큼 가벼워서 원하는 곳 어디든지 날아가 떨구는 기척이면 좋겠다. 가볍고 흔적 없는 잠시의 위안이면 좋겠다.

참나무 숲 건너편에 펼쳐진 논과 밭, 왜가리는 그 땅에 사는 개구리나 뱀, 그리고 땅속 생물들을 포획해서 먹이를 마련한다. 그것은 당연히 왜가리가 극복해야 할 본능이지만 야위고 긴 주둥이로 삼켜야 할 현실은 왜가리가 가지는 아름다움에 비한다면 훨씬 무겁고 처연하다. 진흙 속이나 물속에 주둥이를 박고 어떤 일보다 우선하여 살아내기 위한 것들의 거친 숨결은 또 얼마나 가련하고 가차 없는가.

그래서 나는 늘 피해 다녔을 것이다. 치열하게 진

창의 현장에 발목 빠뜨린 적 없었을 것이다. 다른 이가 포획한 먹이에 가담해 한 술의 평온을 구걸했을 것이다. 더욱 비참한 것은 먹이 하나를 물고 늘어지는 피투성이의 투쟁을 접해본 적 없이 멀찍이 서서 바라만 봤다는 사실이다. 먹어야 살 수 있는 현실에서 지레 먹을 수밖에 없는 비애 쪽으로 경도되었다. 이후에 관념이나 비애는 먹이가 되지 않는다는 것과 세상을 향하는 방법도 한 가지만이 아니란 걸 알았어도 내게는 현장성이 없었다. 그건 삶에 대해 나쁜 자세였다.

공복을 안고서도 내가 기웃거린 곳은 잎 떨구어 낸 나무 아래거나 해 지는 강가의 진저리치는 노을 곁이었다. 공복을 다스리던, 더욱 공복이었던 풍경 곁이었다. 그리하여 왜가리가 바라보는 곳이 어디인지 나는 알지 못한다. 그들, 먼 곳을 바라보는 생명체는 조급하게 굴지 않는다. 왜가리가 바라보는 곳이 논과 밭 사이 꿈틀거리는 먹이가 있는 악다구니만은 아닐 것이다. 짝짓기를 위해 잿빛 깃털의 수컷 왜가리를 기다리게 될 참나무 둥지도 아닐지 모른다. 투명하게 물드는 선홍의 단풍 사이 부리를 닦을 그 근처는 더욱 아니다. 오지 않아도 좋은 것, 왜가리의 시선은 지척을 모르는 나의 몽매

와 다르다. 높은 나뭇가지에 앉아서 먹이를 초월하지 아니하되 존재를 다스리는 무엇을 기다릴 것이다,

또한 왜가리가 바라보는 곳은 있는 듯 없는 것, 존재함과 부재함의 시공 안팎, 탐욕과 허기의 지척이면서 또한 아득한 곳, 아우르면 심연이라 할까. 그러나 그건 너무 멀다. 애써 왜가리와의 공통성을 마련한다면 먹이가 있는 곳을 떠날 수 없는 한 긍정과 비참은 늘 함께 있다는 것, 당연한 그것이 이토록 멀었다. 그와 내가 속한 건 통틀어 비애일 수밖에 없다는 점, 비애를 아우르는 삶이라는 것에 힘겹게 동의해야 하는 아침이다. 왜가리가 떨군 깃털이 고적한 이의 펜대 위에 꽂힌 도구였다는 걸 애써 기억하는 일은 위로가 될까.

연주와 변주

시는,

시는 재채기다, 기침이다. 의식과 무의식을 드나들며 그것들은 튀어나온다. 살아 있다. 그는 폭발하고 나는 분출해서 공히 카타르시스를 경험한다. 독자가 만나는 건 시인의 기침이나 재채기이다. 말하지 않거나 발산하지 못한 나머지도 있다. 그건 여백이나 행간이리라. 기침이나 재채기를 할 때 반사적으로 자기도 모르게 입을 가리는 행위는 은유나 상징이리라. 재채기의 속도는 시속 160킬로미터, 너무 놀라지 않도록 상상을 조절하기 위해 시는 긴밀해야 하리라.

시인은,

어깨가 돌처럼 딴딴하게 뭉쳤어요. 돌이 생겼다. 돌멩이를 어깨에 넣고 다닌 건 사고와 의식의 경직 때문이겠다. 아픔을 과장할 필요는 없다. 모두 다 아프니까. 문제는 아픔을 어떻게 감각하느냐에 있다. 어떤 긴장, 어떤 제도, 어떤 욕망이 어깨에 돌을 넣고 봉합했을까. 삶은 그럴 만할 가치가 있는 것일까. 어깨에 돌이 딴딴하게 뭉쳤어요. 의사는 돌을 꺼내려는지 돌멩이를 만지고 문질렀지만 어깨는 더 딴딴해지는 느낌이었다. 닭이 푸득 내게로 들어와 홰를 쳤다. 돌 속에 세계가 들어와 웅크리고 앉았다. 두 날개 사이 당신이라는 관념, 세계라는 욕망이 퍼덕였다. 누군가를 업어주려 등을 내밀었을 때 업힌 건 다행히, 시인이 아니었다. 양쪽에 든 돌이 무엇인지 나도 모른다. 양쪽의 어둠은 물이고 불이어서 어느 날은 흐르고 어느 날을 뜨거웠다 양 어깨는 한 몸에서도 서로 만질 수 없고 만날 수 없었다.

종교는,

기와 불사佛事, 한 장 일만 원. 언어불사, 희망불사, 추억불사, 일만 원어치의 시를 지붕에 얹고 세세년년 무량 청정한 도량이라지만 불사不辭이겠다. 일만 원의 사원에 푸른 잎과 종소리를 들일 수 없겠다. 수량이 도량이 된다는 방식을 거부한다. 시 한 편 일만 원일 때의 참담과 시 한 편 일백만 원일 때의 겸연쩍음은 둘 다 기와불사이다. 일만 원의 시의 법당이 떠받치게 될 언어여, 취해버릴 만당이여. 만당은 또한 무주공산, 집도 절도 없이 취해 살 수 있으리라는 가정이 시를 따라가게 했다. 시라는 종교, 독침을 뱉으라.

생리는,

소사나무 여린 가지 끝에 보리쌀만 한 연두 잎눈이 붙었다, 거짓말처럼 겨울을 난 것이다. 바람이나 햇살이 툭툭 건드리고 가는 동안 나무는 스스로 수줍고 열이 나면서 사춘기를 견뎠을까. 사춘기는 버들개지처럼 알듯 모를 듯 지나간다. 부끄러워서가 아니라 소중해서 아프다 아프다 하지 못했다. 아무 말 할 수 없어서 종일 코피만 쏟은 소년도 지나간다. 가출하고 교실에서 밤을 새던 소녀가 무서움을 견디려 이건 책상이야, 이건 칠판이야, 이건 커튼이야, 하던 불행도 지나간다. 내가 당신의 나라에서 사춘기를 지날 때, 붉은 생리와 뾰루지는 철없는 감각들이 자리를 잡는 흔들림이었다. 그 자리에 오늘 바람이 잎눈을 탁, 틔웠다.

두려움은,

마스크를 하고 금복식당 앞을 지날 때 하얀 강아지 두 마리가 자지러질 듯 짖어댔다. 마스크를 벗고 지나갈 땐 짖지 않았다. 개들이 마스크를 향해 짖어댄 것일까. 개가 마스크를 읽는 독법이 인간과 다를 것이란 건 사람의 추측이다. 그렇다면 뭘까. 개는 사람에 비해 망막의 원추세포의 수가 떨어질 뿐 색을 식별할 수는 있다. 그렇다면 그는 알고 있었을 것이다. 마스크를 향해 짖어댄 건 인간의 절박한 삶에 공감하고 있다는 뜻, 마스크로 인한 위기의식에 동참한다는 뜻, 은폐되는 세상이 무서웠을 것이다. 사람이 주는 밥을 먹고 사람 가운데서 익힌 눈치가 묵독에까지 닿았다.

이름은,

방에 들어가려고 모자를 벗었다. 노래방, 비디오방, 찜질방, 대화방, 피시방, 성인방, 자꾸 방, 방, 하는 이곳에선 뭔가를 벗어야 한다. 옷을 벗든가 이름을 벗든가 상식을 벗든가 굴레를 벗든가. 그 방들은 밀폐되어 있다는 공통성이 있다. 개인이 은밀히 하고 싶은 일을 합법적으로 만들어주는 장치, 함께 벗자는데 뭐가 무서워? 그런데 가만, 뭔가 자꾸 걸린다. 누구나가 벗을 때 그래도 하나는 온전히 남아 지키는 게 상식 아닐까. 부끄러울 때 다급할 때 가려줄 사람이 필요하니까. 유혹을 이겨낼 수 있는 사람은 유혹의 얼굴을 다 벗기지 않는 사람. 복도에서 마주치더라도 예의상 상대의 얼굴은 빤히 보지 마라.

사랑은,

예방주사를 맞아도 비껴가지 않는 게 있다. 전혀 항체가 생기지 않는다. 처음처럼 아프다. 그 오래된 질병 앞에서 21세기의 문명이 쩔쩔맨다. 어떤 학자도 개발해내지 못하는 약, 묘약은 아직 없다. 끝까지 가봐야 알 수 있다는 점에서 사랑은 죽음과 동궤에 있다. 소나무 재선충, 1밀리미터의 가느다란 실 같은 선충이 나무 하나를 소리 없이 쓰러뜨리는데 예방이 없다는 점에서 사랑을 닮았다. 쓰러지는 건 사랑이다. 사랑 아닌 것만이 치명적인 독 가운데서도 살아남아 배시시 웃는다. 만나지 말아야 할 사랑도 있다. 광기가 있는, 소나무 재선충 같은 사랑은 비껴가야 한다. 진실한 쪽이 번번이 쓰러진다. 항체가 생기지 않는 무균의 것들이 진실이라면 진실은 무력하다. 알면서 죽음 쪽으로 향하는 사랑은 피하려는 의지가 없었을 것이다. 진실이 죽음을 안을 때 예비할 게 있을까. 예방주사도 죽음을 담보한 실험 이후의 결과물이다.

전기스탠드

- 사물도 존재다

동그라미는 그렇게 왔다. 어린 시절, 처음으로 초록색 플라스틱 갓이 달린 탁상용 전기스탠드에 불을 밝혔을 때 책상 위에 하얀 동그라미가 생겨났다. 동그라미를 만든 빛은 뭔가 이전과 다른 세계를 보여주리라 기대하게 했지만, 나는 그 다른 세계를 만나기까지 매우 오래 기다려야 했다. 전기스탠드를 차지하려는 가족은 일곱이었고 내 차례는 맨 마지막이었으니까. 순서를 기다리느라 목이 탔다. 천장에 달랑 매달려 방 안 곳곳까지 흐린 불빛을 뿌리는 백열등에 비하면 그 동그라미는 불빛이라는 존재를 단숨에 인간 가까이 당겨놓고 있었으니 목이 타도 기다렸다.

동그란 테두리 안의 세상을 차례로 차지하던 언니들의 등은 넓고 커서 내 차례는 멀었고 내 자리의 그늘은 짙었다. 둥근 불빛은 우리를 어디로 데려가줄 수 있을까. 그 안에 있으면 모든 미래가 아름답게 흘러들어 올까. 그런 생각만 하던 어느 날, 어쩌다 새벽녘에 눈을 떴을 때 책상은 주인 없이 비어 있었고 나는 다가가 더듬더듬 스위치를 올렸다. "딸깍." 손가락 끝에 전해지던 그 촉감을 잊을 수가 없다. 모든 빛이 한 곳을 향해 모이고 있어 내 삶이 춥고 외로워도 이 불빛이 있는 한 위로되리라 믿고 싶었다. 잠시 그 둥근 나라에 속했던 순간은 따뜻했다. 어둠을 뚫고 유일하게 한 사람을 위해 존재하던 빛, 그렇게 동그라미는 왔다.

이제 스탠드는 더 이상 귀한 물건이 아니고 동그라미 안의 세상이 찬란한 것만은 아니나 여전히 그것은 내게 특별하다. 디지털 터치식보다 아날로그식 스위치를 오래 고집했던 이유는 딸깍할 때의 그 청각과 촉각을 포기할 수 없어서였다. 종일 나다니다 돌아와 가장 먼저 스탠드의 스위치를 올릴 때, 내가 비로소 나에게로 돌아온다. 딸깍, 정지했던 시간이 반짝 살아 있다는 눈짓과 함께 빛이 되어 온다. 어떤 부름이 이리 절실하게 다가오겠는지. 충실하게 전신을 다 내어 봉사하겠는지.

때때로 긴 밤을 지날 때도 오직 그가 있었다. 밀린

작업을 하다가 문득 어깨를 펼 때 눈을 동그랗게 뜬 스탠드가 거기 있었다. 그걸 보는 순간 강한 유대감이 들었다. 견뎌준 거였다. 함께 온 것이었다. 그 시간과 공간에 오직 그가 제일 가까운 곳에서 나를 지켜준 것이었다. 내 방은 필로티 위에 자리해서 겨울이면 꽤 추운데 나는 손이 시릴 때면 전등갓을 감싸 쥐곤 했다. 그걸 안다는 듯 얼른 전해 오던 온기, 체온은 동물에게만 있는 게 아니었고 나는 그에게서 존재를 느낀다. 언제부턴가 사물들에게 존재성을 부여하고 있었는데 살아 움직이는 존재들이 배반이고 갈등이며 욕망인데 비해, 사물들은 정직하고 충실하며 또한 한량없어서 물성의 신성함을 재확인하기도 했다.

둥글게 밝힌 스탠드 불빛은 그동안 얼마나 많은 사람들의 가능성과 완성을 도왔을까. 필요한 시간, 필요한 장소에 존재했던 불빛의 기능 역시 현재의 사명에 충실했을 것이다. 어둠 가운데 핀 한 송이 꽃, 그 집중은 누구에게나 소망으로 피어났을 것인데, 그러나 나는 종종 그에게 미안하다. 나에게 와서 그는 좋았을까. 밝은 빛을 주었으나 나는 나태했고 생을 허비했으며 또 상당 부분 세계를 잘못 보았으니, 게다가 환하고 둥근 불빛 아래서 어둡게 무너진 시간은 또 얼마였는지 민망한 마음이다.

스탠드는 꺼진 곳에서 다시 켜진다. 내가 좌절한 곳에서 다시 일어나야 하듯이 그는 이러한 나를 봐주고 있는 것이다. 그러니 환히 눈 뜨고 있는 동안 우리는 더 이상 치사할 수도 졸렬할 수도 없다. 어둠 속에서 더듬거리며 스위치를 올리는 시간이 있고, 스위치를 올리면 어김없이 달려오는 불빛이 있는 한, 지난하지만 다시 미래를 들이밀면서 계속 나아가보는 거다. 그가 어둠을 밝혀주는 한 적어도 내일이 더 나아야 하지 않을까. 스탠드를 쓰다듬으면서 "나는 죽을 때까지 진보할 작정이다"라는 나쓰메 소세키의 말을 환기해본다.

가짜는 유쾌하지만

염습이 끝난 아버지의 얼굴은 창백했다. 접견 시간을 끌며 아버지의 이마에 입술을 댔을 때, 차갑고 낯선 키스가 있었다. 내가 비난했던 아버지, 닫으려 애썼던 아버지. 눈물로 적셔도 아버지는 일어나지 않을 것이다. 정말 일어나지 않았다. 그리고 겨울이 왔다. 칩거가 속죄라도 되는 양 나는 밖으로 나가지 못했다. 아버지를 버리면서 나를 바라보려 했는데, 아버지를 지우면서 나를 찾으려 했는데, 나는 여전히 나를 모르고 그 아버지는 이제 없다. 대상을 잃어버렸으니 이제 질문은 무효한가. 이토록 차가운 아버지. 힘도 버리고 누운 아버지라니.

정신분석학자들이 볼 때 자아는 스스로에게 끊임없이 어떤 모습을 재현하여 보여주고 있는 것으로 여겨진다. 그러나 그 모습의 목록집은 가짜다.*

아버지의 금기와 억압을 빙자하여 나는 내 무위를 감추었다. 나가지 마라, 아무나 만나지 마라, 앞서지 마라. 아버지의 가둠이 나의 더딤이 되었다고 투정했다. 경험이 꼭 실재를 통하는 것이 아닌데 나는 오래 그를 방패삼아 무능을 연장했다. 많은 부분을 짐작과 추정에 기대어왔다. 가짜를 진짜이게 하는 기교를 사용했다. 간간이 내가 택한 이미지 사이에서 노는 일은 현란했고 깜빡 취하기도 했으나, 곧이어 무거운 짐과 자책이 오고 있었다. 문학은, 시는 그리 만만한 대상이 아님을 가르쳐준 건 좋은 시, 좋은 시인들이다. 나는 가짜였던 것이다. 가짜라는 것만 분명했다. 그런데 가짜임을 공표하고 나니 유쾌해졌다. 가짜는 평가의 대상이 아니었고 가짜라고 자인하니 세상의 사물들이 한결 가벼이 다가오는 듯했다. 이제 방패는 내려놓아도 좋았다.

'어중간함'이란 말이 있다. 내 정서를 구성하는 많은 것들이 그러했다. 내가 자랐던 농촌도 도시도 아닌

---

* 카뮈, 『작가수첩 II』 부분.

소읍의 나른한 어정쩡함이 그러하고, 주체도 객체도 아닌 가족 내의 입장이 그러하고, 시대가 요구했던 모호한 갇힘과 풀림의 분위기도 그러했다. 내 뜻이 아닌 내용들이 나를 채웠다. 그런 어중간함이 내 삶을 뭉뚱그리고 있을 때 나는 묵묵히 알아들을 수 없는 내 투정을 모으고 있었을 것이다. 그러나 주어진 시간과 공간은 초월하기 쉽지 않았다. 규정하고 수용해야 한다면 내가 지나온 시간과 머물렀던 공간들은 피할 수 없는 내 정서이고 내용이었으니 먼저 아버지를 통과하고 싶었을 것이다. 그다음 몸과 마음을 외롭게 두는 일이 있었고 다행히 세상은 내가 야위어가도록 동조해주었다.

'세상의 모든 아버지들은 일찍 죽어야 하고 선생은 일찍 자리를 떠야 한다'는 라캉의 말이 기억난다. 통념과 위안에 기대지 말라는 뜻을 남기신 듯 아버지는 그렇게 가셨고 나만 덩그러니 남았다. 가책과 미안과 슬픔이 얼마간 지속되었다. 이상하고 불편한 감정들도 따라다녔다. 나는 왜 아버지의 찬 이마에 입술을 댔던가. 그 자리에 있던 얼굴은 아버지도 아니고 사람도 아니고 위엄이나 권위도 아니고 그냥 차고 딱딱해진 무기물이었는데. 송구했던 것이다. 아버지가 최초로 힘을 다 버린 시점이 나의 허위를 확인했던 시점과 일치하기 때문이었다. 그러나 엄밀히 그 행위들도 가짜였다.

아버지의 죽음에 가혹했다면 내 죽음도 그리되리라 믿는다. 인과는 정직하므로. 죽음을 똑바로 보는 것이란 죽음을 창조하는 것 또는 의식적인 죽음을 뜻할까. 누구나 자신의 죽음의 주인이 된다는 건 어려운 일이지만 나를 나 아닌 객관의 나로 볼 수 있을 때, 죽음도 구체성을 가질 수 있을 것이다. 강을 건너면 배를 버리라는 선사의 말이 있으나 나는 강도 건너기 전에 아버지라는 배를 버리고 싶어 했으니 강 저편은 요원했을 것이다.

오래전의 기억을 반추하며 지금은 어떠한가를 다시 묻는다. 나는 여전히 가짜다. 가짜임을 솔직히 말하는 유쾌한 가짜다. 가짜를 벗어나는 방법은 진짜가 되는 것이 아니라 가짜임을 아는 것이라고 뻔뻔하게 말한다. 몇 차례의 허방이 남아 있을 것이나 가짜는 다시 그 지점에 머물지는 않을 것이다. 자포자기와 실패의 궤도를 위로하지 않을 것이다. 이제 다른 찬 이마에 입술을 대지 않을 것이다.

기억 1

- 언니의 방

십대, 그리고 사춘기, 그 시기는 여러모로 막연하고 모호하다. 지금과 달리 내가 건너온 70년대는 십대들을 위한 관심과 배려가 별로 없었다. 그저 학교와 집을 오가며 알아야 할 것도 있지만 몰라야 할 것이 더 많은 분위기였다. 부모나 선생이 낸 길을 어림짐작으로 따라가는 그런 시기. 젖멍울이 생길 때처럼 스치기만 해도 아픈데 그냥 견뎌야 하는 시기, 자신도 모르게 닥쳐온 시기. 어른들은 그때를 무한한 가능성이 열리는 희망의 시기라고 공식처럼 말했지만 희망이란 건 본 적도 없고 누가 보여주지도 않았다. 자주 외로웠고 보이는 것이 다 슬펐다. 내 것이란 아무것도 없고 별다른 관심도 받지 못하는 시간은 그렇게 막막하게 흘러갔다. 열여섯이었다.

세상에서 말하는 불행의 내용들은 차치하고라도

나의 내부에는 축축한 슬픔의 국물이 배어 나오곤 했다. 누구도 해결할 수 없는 '무엇'이 따라다녔다. 아마도 자의식이었을 것이다. 몸과 머리로 오는 모호한 꿈틀거림을 어떻게 해야 하는지. 예민한 질문과 감각에 닿는 몽환들을 어떻게 다스려야 하는지 몰랐다. 어느 날, 식구들이 모두 외출한 틈을 타 언니 방으로 들어갔다. 내 방이 따로 없었던 시기, 언니의 방은 두근거리며 흘끔거리던 공간이었다. 레이스 커튼이 있고 향긋한 냄새가 있고 무엇보다 책장에 알 듯 모를 듯 가지런히 꽂힌 책들이 나를 솔깃하게 했다.

때마침 서쪽 창으로 눈을 찌를 듯 노을이 들어와 핏물처럼 흥건히 방바닥을 적시고 있었다. 곧이어 빛이 어둠에 섞일 때, 그 찌르는 듯이 온 예각의 순간에 나는 헉, 수건을 틀어막고 울었다. 아름답기도 하고 슬프기도 했던 복합적인 감정은 아마 생의 현기증이었고 모호한 정서의 질곡이었을 것이다. 노을빛이 가져온 서늘함과 아련함, 붉음과 검정, 이성과 감성의 봇물이 쏟아진 거지만, 자세히 말하면 나의 내면이 모호해서 울었고 막연한 미지가 서러워서 울었고 커다란 세상이 두려워서 울었던 것 같다.

울고 난 뒤, 언니의 책들이 시야에 들어왔다. 니체, 로맹 롤랑, 헤세, 다자이 오사무, 카프카, 김형석, 박목월 등의 이름이 있었다. 이후 책꽂이의 책들을 넘기면서 상당 부분 포즈였지만 막막했던 우울과 몽상이 살짝 채워지리라는 기대가 차오르고 있었다. 저 책들이 어떤 해답을 가져다줄 것이라는 기대, 울음을 보상해 줄 거라는 위로 같았다. 그 방은 요나를 삼킨 고래의 배 속이나 자궁 속처럼 아늑했다. 드문드문 언니가 밑줄 친 부분에서 숨을 몰아쉬었고 지루하고 어려운 페이지들은 넘어가기도 했다.

시에 재능이 있던 언니는 일찍 하늘나라로 갔다. 나는 오래 슬퍼하다가 결심했다. 언니 대신 내가 그 붉은 방을 이어가리라. 그렇게 문학은 왔다. 왜 사는지 설명하기 어려운 것처럼 왜 쓰는지 모른다. 모른다는 말 외에 현재를 설명할 방도가 없다. 시를 택했던 이유는 성향이었다. 다 말하지 않아도 되는 고요, 생략해도 되는 경제성, 에둘러 표현하는 매력, 지치지 않게 하는 특성이 좋았다. 로맹 롤랑은 말했다. "훌륭한 사람은 오직 자기가 할 수 있는 일을 한 사람이다." 훌륭한 사람이 되고 싶지는 않았지만, 나는 내가 할 수 있는 일을 했다.

아니, 문학은 내가 할 수 있는 일이라기보다 내가 해야 할 일처럼 느껴졌다.

외롭고 또 외롭고 평생 외로울 거라는 작정을 하나의 현상으로 바라본다. 쉬 만날 수 없는 소망과 볼 수 없는 곳을 짐작하며 나의 누추와 상처를 꺼내 만지고 말리는 쾌감은 영약이기도 하다. 세간의 화려와 성공과 눈부심을 짐짓 외면하거나 비웃을 수 있는 일을 시가 아니면 어떻게 했을까. 울분이 일 땐 용서와 저항을 기억한다. 더 고통스러웠던 나혜석과 최승자, 버지니아 울프와 실비아 플라스를 기억한다. 언니의 방을 통해 세상으로 나오던 공포를 가치로 전환하며 또 다른 터널을 만나고 있는 셈이다.

그 방, 작은 창이 있던 그 방은 이제 없다. 똑같이 연출한다 해도 그 시간은 다시 오지 않는다. 막막함으로 내가 가두고 내보낸 생각들은 먼지조차 되지 못했을 것이다. 간혹 바람 부는 길을 걸을 때나 창밖 우는 나뭇가지들의 숨결을 느낄 때, 낯익은 어떤 낌새나 냄새로서 환각처럼 다가오는 것들을 조우할 때면 그때의 그 흔적을 느낀다. 잊을 수 없었던 노을을 재현하고자 서쪽을 기웃거려도 그때 그 노을은 만날 수 없고 만날 수 없는 아쉬움 안에 이미 그 노을은 함께 있다는 역설 또한 믿는다.

그 작은 방이 나에게는 다가올 문학이었고 혼돈이었고 미리 영접한 삶이었다는 것. 그렇다 한들 누추함을 벗어날 리 없지만 누추가 빛나는 눈보라였다는 것, 사라져도 남는 투명한 날[刃]이었다는 것, 너에게 다시 전해주어야 할 결정이라는 것, 사랑은 서늘하고도 소리 없이 와서 앉는다. 언니를 통해 무수한 다른 언니를 만나면서 지금 여기 있다.

기억 2

- 백목련 그리고 현기증

어린 나만 두고 식구들이 모두 외출한 빈집. 종일 마당 가득 퍼부어지는 햇빛을 보고 있을 때, 햇빛이 긋는 처마의 그늘이 차츰 넓어져 이윽고 성큼 저녁이 다가올 때, 누군가 백열등 꼭지를 비틀어 톡 켜는 소리를 낼 때, 꼭 그만큼의 어둠이 밀려가며 미련처럼 흐릿하게 뒷자락을 끌 때, 낮에 내동댕이친 책가방을 천천히 방으로 들일 때, 그 모든 것에 번번이 이유도 없이 가슴이 미어졌고 그때마다 슬픔은 제집인 듯 찾아들었다.

그즈음 봄날 등굣길에 어느 골목을 지날 때, 담장 위로 하얗게 핀 백목련이 구름처럼 떠 있었다. 나무 한 그루에 매달린 서른여 송이의 순수, 바라보기 차마 어려운 세상 하나가 공중으로 하얗게 매몰되고 있었다. 머리가 핑 돌고 가슴이 미어지듯 아파와서 나는 그 자리에 주저앉고 말았다. 파란 하늘을 배경으로 뱉은 희디휜 소망, 유한의 생애들, 그 짧은 순간 내게 온 현기증은 무엇이었을까? 백목련, 그리고 열여섯.

딸 많은 집 막내딸로 양보를 먼저 배워야 했던 것도 슬펐고, 할아버지 앞에서 잘잘못 이전에 머리부터 조아리던 엄마의 삶이 슬펐고, 애기만 주고 도망치듯 돌아서 가던 삼촌의 숨겨진 여자도 슬펐고, 비가 새도 지붕에 올라가지 않던 아버지의 양반론이 슬펐다. 숨막히는 시간을 견디면서 내가 할 수 있는 일은 뭔가를 적어보는 일 뿐, 이상하게 그 일은 불안과 원망을 정리해주는 것 같았고, 미미하게나마 아픔들이 가라앉는 걸 느꼈다.

당시의 규율과 제도, 경직된 윤리와 상식 체계는 오래 지속되었다. 분노를 다스릴 방안이나 묘수가 별반 없었으나 어느 순간 낯선 언어들이 조금씩 억눌림을 대신하고 있었다. 절망 따위 백목련을 맞닥뜨렸을 때의 경이로 바꾸고 있었다. 어떤 풍경 앞에 찾아온 설렘, 놀라움의 다른 이름이기도 했던 떨림을 재산으로 삼으리라. 기록하기 시작했고 기록한 만큼 영역이 생기는 듯했다. 땅따먹기 하듯 내일이면 지워져 다른 이의 소유가 될지라도 이 기억은 흰색에 대한 강렬한 이미지가 되었다.

그러한 것이 시의 형태를 갖추었다고 말할 수 없다. 아무것도 내 것이라곤 없는 막연한 열여섯의 삶은 연약하고도 말랑해서 그 또래가 갖는 치기 대신 나는 슬픔 쪽으로 기울고 그 슬픔이 내심 특별하다는 것만은 느꼈다. 아침 햇빛에 반사된 백목련의 흰빛, 내부가 폭발할 것처럼 아릿하게 파였던 순간 내가 주저앉고 말았던 첫 풍크툼.

현기증은 다가올 세상에 대한 첫 발열이었던 셈이다. 그건 달리 불확실한 미래와 미숙한 자아가 빚는 불안이었으며 정의할 수 없는 생의 질문, 오지 않은 것을 기다리는 참 서러운 그리움이었을 것이다. 나는 내가 자꾸 가엾었고 나무나 바람이 안타까웠다. 미래에 대한 정형화되지 않은 열여섯의 그리움은 초라했고 어슴푸레 생에 가두어놓은 서툰 웅얼거림은 한심했다. 그리고 자주 눈물이 났다. 때론 무진장인 듯 왔다. 눈물은 참 힘이 없기도 하고 힘이 되기도 했다.

기억 3

- 소외

숨바꼭질에 대한 기억은 꽤 오래도록 소외의 의미로 남아 있다. 해가 설핏 기울면 아이들은 골목으로 나오기 시작했고 예닐곱 명의 아이들이 모이면 하루를 마감하는 놀이인 숨바꼭질이 시작되었다. 술래가 정해지면 50을 헤아려야 하는데 "무궁화꽃이피었습니다"를 다섯 차례 외울 동안 나머지는 숨어야 한다. 재치 있는 기표이다. 이 열 개의 음절 속엔 가난이 있고 애국을 강조하던 시절이 있고 낡은 운동화의 헐거움도 있다. 어쨌거나 열 개의 음절은 탁월한 설정이었고 함축적인 기호였음이 분명하다.

기호가 떨어지기 무섭게 물옥잠 핀 돌확 뒤거나 헛간의 장작무덤 뒤, 담장과 만나는 화단 울타리에 보호색처럼 붙어버리거나 감나무 낮은 가지에 가마니를 걸쳐놓고 숨으면 그만이었다. 나는 너무 잘 숨어서 웬만

한 술래는 좀체 나를 찾지 못했고 당연히 나는 숨바꼭질의 대모처럼 의기양양했는데 어느 날, 꼭꼭 숨은 나머지 술래는 나를 찾지 못하고, 나라는 존재도 잊어버리고, 저희들끼리 다음 순서로 건너가고 있었다.

나는 잊혔다. 가쁜 숨을 참으며 견디며 열중했던 놀이에 배신당한 마음은 저녁보다 빠르게 어두워왔다. 파트릭 모디아노의 『어두운 상점들의 거리』에서처럼 단체 사진 속에 자기 자신은 없는 존재가 되었다. 숨어 있던 곳에서 나갈 수도 버틸 수도 없는 순간, 벽은 점점 높고 견고해 나를 영 가둘 것 같았고 숨바꼭질의 명성을 죄다 팽개치고 싶을 만치 도외시된 그 느낌은 최초의 소외였다. 소외는 외롭고 무서웠다.

되돌아보면 나는 규칙의 허술한 적용을 원망하기보다 비정형의 규칙이 존재한다는 걸 알았어야 했다. 훨씬 이후까지 그 기억은 트라우마로 남아 있었는데 소외를 제공한 것은 결국 자신이었다. 그건 술래잡기라는 기호, 놀이라는 기호를 잘못 해독한 결과였다. 놀이란 적당히 들켜주거나 져주어야 한다는 것, 틈을 내두어야 한다는 것, 그래야 놀이가 성립되는데 놀이를 실전처럼 임한 진지했던 구도가 낳은 해프닝이었다.

기억 4
- 이별

소외 다음으로 찾아온 아픔은 이별이었다. 어릴 때, 딸 많은 집 막내딸이라 나는 자연 엄마보다 언니를 찾을 때가 더 많았다. 내 투정을 받아주기엔 엄마에겐 늘 다른 짐이 너무 많았다. 사춘기 초입에서 처음 찾아온 두렵고도 무서운 생리를 가만가만 일러준 것도 언니였고, 뒤뜰에서 단발머리를 곱게 잘라준 것도 언니였다. 그런 언니들이 하나둘 결혼하며 집을 떠나는 일은 못 견디는 슬픔이었고 상처였다. 이별, 바꿔 말해서 분리되는 아픔을 일찍이 경험했다.

초등학교 5학년 때 큰 언니가, 중학교 2학년 때 둘째 언니가 결혼을 했다. 그리고 그 일들은 이후 세 차례나 더 반복되었다. 결혼식 준비로 서너 달 동안 집안이 어수선하고 분주한데도 나는 그 잔칫집의 분위기가 영 맘에 들지 않았다. 더구나 아끼며 함께 쓰던 물건들을 하나하나 정성스레 포장하고 있는 언니를 바라볼 때 마음은 울먹이고 있었다. 그러나 그런 나를 모른 채 예비 형부를 향해 분홍빛 마음으로 기울어져 가는 언니에게는 일종의 배신감마저도 들었다. 내 슬픔 따위 아랑곳없는 서운함과 곧 헤어지리라는 묵인된 암시가 복합적인 감정으로 나를 지배해왔기 때문이다. 그러나 결혼을 막을 합당한 이유나 근거가 나에게 없었다.

다만 슬플 뿐이었다. 나는 매번 결혼식장에서 속수무책으로 눈물을 찔끔거려 가족들의 빈축을 샀는데, 어렵사리 언니와 눈이 마주쳤을 때 언니의 눈에 그렁그렁 고인 눈물을 보는 순간 나는 나를 수습했다. 가혹하지만 표현하지 않는 슬픔도 아프다는 걸 보게 되었다. 아직도 나와 무관한 모든 결혼식에서 축복의 맘보다 슬픈 감정이 먼저 온다. 그렇게 본다면 살아 슬프지 않은 일 어디 있을까. 나는 비애의 방식으로 삶의 요소요소를 지나왔고 비애의 내용으로 그 앙금들을 정리했던 것 같다. 어떤 이별은 흔적도 남기지 않았다.

기억 5

- 아이러니

그 시절엔 텔레비전이 없었다. 방향에 따라 주파수가 잘 잡히기도 하고 잡음이 나기도 하는 금성라디오를 틀어놓고 나는 아나운서나 사회자가 하는 말들을 열심히 따라하곤 했다. 반질반질 윤이 나는 마루에 걸터앉아 정신없이 떠들다 보면 아래채에 세 든 아주머니나 아저씨가 빙긋빙긋 웃곤 했는데 수줍음 많았던 내가 그랬던 걸 보면 그런 류의 관심, 말에 대한 끌림이 있었던 것 같다.

어릴 때 살던 소읍에는 들판 끝으로 나가면 낙동강 줄기인 영강이 흐르고 있었다. 홍수가 나거나 폭우가 심할 때는 강 건너에 사는 아이들이 등교를 할 수가 없었다. 낮은 다리가 물에 잠기거나 붕괴되기도 하던 시절이었다. 철없는 우리는 그런 때 결석이 보장되는 동료들을 얼마나 부러워했는지 모른다. 어느 해 자욱

한 안개 속에서 불어난 물을 건너 등교를 감행하다가 우리 학교 아이 몇 명이 떠내려간 사건이 생겼다. 그 아이들은 결국 구조되지 못하고 차가운 주검으로 모래밭에 눕혀졌다. 어제까지 만나던 아이가 하루 사이에 식은 아이가 된 것이다.

그해, 백일장에서 「안개」라는 제목으로 그때의 이야기를 적어 나는 최고상을 받았다. 지금 생각하면 졸렬하기 그지없는 그 시를 마지막 한 구절만 기억한다. "안개, 그 아침은 찬란한 에피소드를 남깁니다"라는 것. 아마 '찬란한'이라는 역설적인 부사어가 한몫했을 거라는 것은 이후의 짐작이지만, 나는 불행한 친구들의 이야기로 장원을 했다는 사실에 대해 뭔가 꽤 가책하고 있었다. 문학이란 것이 그렇게 아이러니한 삶에 대한 참담한 표현일 것이라는 점이 나를 부쩍 성숙하게 했을 터이지만 어쨌든 역설이나 반어로써 시에 대한 서문을 열었던 셈이다.

여타의 작업들이 그렇지만 문학 역시 아픈 기억, 소외된 시간, 쓸쓸한 모습들이 얼룩진 흔적의 기록임에 분명하다. 도저히 살아낼 수 없을 것 같은 절망을 안고 뒹굴면서 얻어내는 한 줄의 글, 설명할 수 없는 관계들의 미묘한 갈등이 진실을 능가해올 때, 그런 참담한 순간에 쏟아지는 냉정한 언어들, 섬세하고 리얼했던 단어와 문장들이 슬픔과 상처의 산물인 셈이다. 그리고 그렇게 얻어진 것이 시라는 모습을 지녔을 것이다. 당연히 그 꽃은 영광스런 모습이 아니라 상처투성이라는 것, 시는 터진 석류 껍질 사이로 보이는 분홍 이빨 같은 거라고 할까.

기억 6

- 안과 밖은 밖과 안이죠

며칠 전 금 간 유리를 갈아 끼우려 창을 들어냈을 때, 갑자기 휑한 기운이 들며 잊고 있던 기억 하나가 떠올랐다. 중학생 무렵이었다. 나의 집은 신작로에서 꽤 들어가는 골목, 주택가에 있었다. 시멘트 블록으로 둘러싼 담을 가진 집들이 많았지만 간혹 문간방처럼 담 자체가 집의 벽이 되는 경우도 있었다. 어느 날 하굣길에 골목을 지나다가 낯선 광경 하나에 시선이 붙박인 일이 그것이다. 장마 끝이었는지 태풍이 지나갔는지 그 기억까진 없지만 어느 집 벽 한 면이 허물어져 방의 내부가 고스란히 드러나 있었다.

무뚝뚝하고 무채색 일변도인 단조로운 골목에 일순 아기자기하고 알록달록한 물건들이 수줍음도 없이 내부를 펼쳐놓고 있었다. 허물어진 벽을 통해 적나라하게 공개된 방 안의 모습은 내 집이 아님에도 불구하고 흡사 부지불식간에 맨몸을 들킨 경우처럼 민망하고 당황스러워 보였다. 방 안에는 낮은 호마이카장 위로 개어 얹은 목단무늬 이불이 있었고 작은 책상 위에 몇 권의 책과 거울 알록달록한 화장품, 헝클어진 옷과 양말들이 수습할 시간도 없이 불려 나와 있었다.

이곳이 조금 전까지 비밀스레 혼자 꿈꾸고 잠자고 밥을 먹던 곳이란 말인가. 저 허술하기 짝이 없는 공간에서 누군가 힘겨운 고민을 하고 사랑을 하고 또 슬픔을 삭이기도 했을 것이다. 벽지에는 사람의 인기척이 남아 있는 듯했고 반들거리는 노란 장판은 아직 온기가 있는 듯해 손을 넣어보고 싶기도 했다. 그곳이 조금 전까지 인간의 몸을 뉘었을 것이라는 생각에 이르자 겸연쩍음은 슬픔으로 바뀌었다.

그때 무엇보다 또렷이 각인된 사실은 벽 하나를 사이에 두고 한쪽은 안이고 다른 쪽은 밖이라는 경계에 대한 것이었다. 도대체 저 벽 하나에 의지하여 그동안 안심하고 의심하며 위로받고 불안하던 인간의 마음이란 건 과연 무어라 설명해야 할까. 그 생각이 당시 어린 나에겐 상반되는 개념에 대한 최초의 사유였던 셈이다. 벽이 없어지자 안과 밖은 하나이며 안심과 불안도 하나였고 개방과 은폐도 하나인 것에 대해 설명하지 못한 채 10대를 건너오고 있었다.

오랜 시간이 흘러 시를 쓰는 사람이 되어 살아오는 동안 그때의 정서나 사유는 의식하든 않든 시 안에서 편성되거나 변주되었을 것이다. 양 극단인 개념들이 결국은 한 몸이라는 인식, 그건 어떤 새로운 정황들마다 또 다른 나를 보거나 삶을 이해하는 방식으로 작용했겠지만 어릴 적 그 작은 방의 아늑하고도 은밀했던 모습은 잊히지 않는다. 그런데 왜 나는 그 방 안 풍경에서 슬픔을 먼저 읽어야 했을까. 허물어질 정도의 가난 혹은 삶의 곤고함 따위가 아닌, 말하자면 보이고 싶지 않은 개인의 영역이 무참히 누설된 수치 혹은 비애 때문이었을 것이다.

현상은 비단 그뿐이 아니다. 가려져 보이지 않는다고 존재하지 않는 건 아니며 보인다고 다 보았다 할 수도 없다. 우리에게 존재하는 양면은 언제나 시침을 뚝 떼며 동거하거나 별거했으며 유정하거나 무정하게 그냥 있었던 것 같다. 비슷한 글을 먼저 발표했으나 늦게 묶으면 나의 것인가 남의 것인가. 혹은 옆 손님과 경계를 지운다고 가운데 있는 자바라를 꽉 당기면 바로 두 토막이 나는 식당의 방처럼 이곳과 저곳은 같은 곳인가 다른 곳인가. 텅 빈 창으로 조금 전까지 있던 안이 사라지고, 이쪽이 사라지고, 내 것이 사라지고, 그 자리 선득하고 낯선 공기가 도둑처럼 밀고 들어오는 시간들이 있었다.

결별하는 시간

가을에는 결별하자. 익숙했던 것들로부터 아끼는 것들로부터, 더구나 지금 사랑하는 것들로부터 결별하자. 까닭 없는 분노로부터, 잘라도 돋아나는 열등으로부터, 연속되는 패배의 기억으로부터 결별하자. 사랑이 사랑이 아님을 보며 또한 패배가 패배가 아님을 보자. 뒤돌아보지 말고 울지 말고 고요히 결별하자.

더러는 뒤가 허전하고 얼음을 꿀꺽 삼킨 듯 가슴이 아리겠지만 결별하자 말하고 싶다. 결연히 결별하자고. 결별이 관계를 뚝 잘라내는 것이 아니라 잘 보기 위해서라는 걸 알 때까지 결별하자. 결별하자. 그건 가까워서 미처 보지 못했던 어여쁨을 더 크게 보는 것이며 아둔해서 못 느꼈던 상처를 세심하게 바라보자는 객관의 행위이다. 그것을 알 때까지 이 가을에 결별하자.

일상은 이미 포식 상태이다. 마음도 그렇다. 그제

도 어제도 지나치게 많이 먹고 많이 말했다. 세상은 어느새 폭식하고 있다. 사람을 만나도 우선 먹고 봐야 하며, 심심해도 먹고, 우울해도 먹고, 게다가 어떤 습관은 1차, 2차, 3차까지 가야 한다. 혼례 하는 자리에서도 먹고 장례하는 옆자리에서도 먹는다. 식사가 끝난 뒤 난장이 된 식탁을 보고 경악하지만 그곳은 방금 내가 정좌하고 있던 곳이다. 거대 식탁으로부터 식탐으로부터 결별하자.

지금까지 얼마나 많은 시간 많은 재료들을 그렇게 죽여왔을까. 피 흘리며 죽어갔을 내 시간들, 낭비되어 쓸려 나갔을 재료들, 어려움을 모르는 습관성 낭비와 안일로부터도 결별하자. 평안으로 살쪄가는 비만과 지나친 자기애가 불러오는 낙관과도 결별해야 한다. 가방을 싸지 않아도 된다. 분리수거할 필요도 없다. 휴지통 비우기 하듯 클릭 한 번으로 결별이 가능하다. 어쩌겠는가. 아직 영욕에 더 머무시겠는가, 나여.

여행도 좋고 산책도 좋다. 그러나 때때로 정직한 자신을 만나기 위해선 풍경과도 결별해야 한다. 풍경도 집착이다. 면벽하듯 깜깜한 벽 앞에 자신을 세워두면 깜깜한 가운데 뿌연 빛이 새어 들어오기도 할 것이다. 어둠을 어둠으로 지우듯 풍경을 버린 자리에 풍경이 들어오는 법이니까. 몸뚱어리의 열락을 위해 몇 시간씩 운동하고 사우나하고 좋다는 것 다 하는 동안 영혼은 극심하게 왜소해 불균형을 이룬다. 아, 저 폭발하는 운동주의와도 결별하자.

환한 햇빛은 눈이 부셔 사실을 가리기도 한다. 은폐되어 있는 진실의 속살을 꺼내보려 노력하자. 쉬 보여주지 않는 내면을 위해선 기다려야 한다. 준비운동하며 자세를 맞추어야 한다. 가려진 과오를 외면하지 말고 마주해야 한다. 부끄러움을 아는 일도 용기이다. 무르익기 전에 좌절하는 속단으로부터도 결별하자. 오직 결별하자. 결별을 통해 결별했던 것들의 내용들을 다시 보자.

결별하자는 건 혼자가 되자는 말의 다른 표현이다. 그건 마지막 연주회 이후 글렌 굴드가 던진 오직 한 마디, "혼자 있으십시오, 은총이라고 할 만한 명상 속에 머무르십시오."라는 의미와 상통한다. 그가 말들의 선함을 믿지 않았듯이 음音들의 진실 역시 믿지 않았다는 회고를 기억한다. 그의 삶은 향기로운 음역이었을 것이나 대중과 영광을 결별하며 그가 만나려 했던 것, 나는 그걸 말할 수 없다.

엄격히 슬픔조차 들어설 틈 없는 결별을 말해보는 것이다. 그러나 강조하는 것엔 함정이 있다. 결별의 말 속엔 결별할 수 없는 때 묻은 것들 새까맣게 눈 뜨고 있으며 결별 이후의 적막한 두려움까지 포함하고 있다. 그럴수록 더더욱 결별해야 한다. 다시 바라봐야 한다. 실패나 좌절보다 참혹하게 들리는 결별이란 주제어로 담금질해야 한다. 결별 이후 무엇이 있으리라는 기대조차 결별하자.

그러나 결별은 결별일 수가 없다. 우리가 버렸던 지식과 사상과 이론과 관계와 유파와 신념을 다시 다른 지식과 사상과 이론과 관계와 유파와 신념으로 만나게 한다. 그사이 우리가 결별했던 것 중 어떤 것이 그저 희미하게 남아 그날인 듯 잠시 머물거나 서걱이는 마른 바람으로 문 앞을 스쳐 가더라도 흔들리지 말 것. 그때도 자신과 무수히 결별해야 한다는 것. 이후에 오는 것이 결별 이전과 다름없이 빤한 것이라 해도 이 가을엔 익숙한 것들로부터 결별하자. 매 순간이 마지막이라는 것. 가을이다. 가을 아니다.

3부

수심은 수심을 모르고

두 개의 초록

새해가 시작된 지 어제인 듯싶은데 어느덧 한 달이 다 되어간다. 뭔가 새로운 걸 꿈꾸었고 달라지기를 바랐는데 그게 잘 진행되고 있는지 모르겠다. 새롭다는 것이나 참신하다는 문제에서 시인이나 예술가 들은 실상 자유롭지 못하다. '예술이란 남보다 더 잘하는 것이 아니라 남이 하지 않는 일을 하는 것'이라는 말이 있지만, 새로움을 실천하는 일은 있음에서 없음으로, 보이는 것에서 보지 못한 것으로, 밖에서 안으로, 아래에서 위로 향하는 것이어서 쉽지 않다.

대부분의 사람들은 '새롭다'는 말을 어떻게 정의하고 있을까. 일반적으로는 지금까지 본 적 없어 우리를 깜짝 놀라게 할 의외의 마주침이거나 우리의 관념을 뒤집을 정도의 낯선 진실 정도로 정의할 수 있을 것이다. 1930년대에 이상의 시 「오감도」가 처음 발표되었을 때 사람들이 느꼈던 놀라움은 상상을 초월하여 아직도 그 해석이 분분할 정도이다. 그리고 그보다 먼저인 1917년, 멀리 유럽에서 마르셀 뒤샹이 서양식 소변기를 떡하니 미술관에 전시품으로 출품한 그 발상 역시 오랫동안 논란의 대상이 될 만큼 신선한 충격이었다. 그들은 예술 행위를 통하여 우리의 관념과 삶의 태도를 바꾸었으며 예술이라는 장르를 달리 바라보게 해주었다.

참다운 예술이란 익숙한 관념을 비웃거나 타성에 젖은 뻔한 사고방식을 견딜 수 없어 하는 데서 비롯된다. 좀 더 다른 가치의 추구나 아무도 생각할 수 없었던 아이디어의 발현이 예술적 자산인 것은 분명하다. 이를 통해 진부한 생각들을 전환하며 획일화된 사고의 틀을 갱신해 좀 더 다양한 관점을 추구하게 한다. 그러나 늘 염두에 두어야 할 것은 '놀랄 만한 무엇'을 던져주는 새로움의 추구에 지지를 보낸다 하더라도, 그 과정에서 진실된 인간의 삶이 간과된다면 예술 행위란 무의미해질 것이라는 점이다. 새로운 것은 분명 좋은 일이지만, 어떠한 것도 삶을 벗어나는 새로움이란 없기 때문이다.

새로움이 비가시적인 것에만 국한될 때 그 의미는 축소될 것이다. 글을 쓰면서 느낀 진실이 있다면 실상

새로운 것이란 가까운 데 있었다는 점이다. 그것은 내가 버린 것이나 덮어둔 것들, 혹은 쓸데없다고 도외시한 것 가운데 있었다. 우리는 가깝다거나 흔하다는 이유로 절문근사切問近思*의 이치를 지나쳐 오지는 않았을까. 홀대했던 그것이 바로 우리가 그토록 찾아 헤매던 지향이었던 것 말이다.

우리에게 사고나 재료는 이미 고갈된 상태인지도 모른다. 새로운 것을 찾으러 먼 길을 떠나기 전에 자신의 주변을 세밀하게 볼 필요가 있다. 바빠서 놓친 것, 소홀히 지나간 것, 또는 큰 욕망을 쫓느라 버린 진심들, 그런 것을 다시 보고 뒤집어 보고 재해석하는 일이야말로 새로움을 찾는 행위일 것이다. 같은 초록이 흰색을 두르고 있을 때와 검은 색을 두르고 있을 때 각기 다른 색으로 보이는 것처럼 우리가 지나쳐 온 새로움이란 것도 하나의 이름을 가진 두 개의 초록이 아니었을까.

새로움이되 새로울 것 없는 그것은 겸손한 자리에서 사물들의 관계를 살피는 일이다, 작은 것을 놓치지 않는 마음으로 살아가는 일, 더 간절한 자세로 다가가

---

* 『논어』 19편 「자장」에서. 간절히 묻고, 가까운 일부터 생각함.

는 일, 어느 날 의자가 말을 걸고 볼펜이 걸어 다니지 않을까. 세탁 봉지에 싸둔 양말이 싹을 밀어 올리는 소리, 초겨울 실존을 견디고 있는 야윈 넝쿨을 눈이 덮어주는 시간, 그 안에서도 얼마든지 새롭고 언제까지나 새롭고 어떻게든 새로운 언어를 꿈꿀 수 있을 것이다. 그래도 달라지지 않는다면 그건 전적으로 자신의 게으름이거나 모자람 탓일 거라고 믿는다.

짧았던 사랑처럼 2월이여

2월은 어느 달보다 이틀이나 사흘이 짧다. 꼬리가 짧은 짐승처럼 2월은 그래서인지 어정쩡해 보이기도 한다. 새해는 이미 지났고 새 학기는 아직 오지 않은 때, 직전이나 직후의 공백처럼 어찌 보면 잉여의 시간으로 느껴지기도 하는 2월은 겨울도 아니고 봄 또한 아니어서 딱히 이거다 할 만한 무엇도 아닌 그런 시기이다. 우리 안에 조금씩 깃든 슬픈 존재 의식이 그러할까. 그러나 2월이 없으면 1월도 없고 3월도 없다. 나는 그 2월에 의미를 부여하고 싶었다.

나무와 나무 그 사이를 비집고 드는 햇살 한 줄기나 흔들리는 가지를 느끼게 하는 바람 한 줌 같은 효과를 2월이라 말하고 싶다. 없어도 누구 하나 눈치 채지 못하지만 있으므로 전체를 숨 쉬게 하는 여분의 가치. 공터에 이는 바람이라도 좋겠다. 시에도 그런 요소가 있다. 일반적으로 시인이 주제나 비유에 힘을 쏟는다고 여기겠지만 실은 조사나 어미에 마음을 더 기울인다. 미묘한 맛은 거기서 나온다. 마찬가지로 다 쓰고 난 뒤 마음을 다해 살펴보는 자리는 의미를 지닌 문장이기보다 그것을 비어 있게 하는 행간일 때가 많다. 행간의 말 없음과 말 줄임이 시를 크고 깊게 한다.

2월이 조사나 어미 혹은 행간 같은 역할을 하고 있다는 생각이다. 앞과 뒤를 돌아보게 하는 어떤 여운이나 설핏함 같은 것 말이다, 어느 가정이나 좀 어수룩해 보이는 사람이 집을 지키고 부모를 모신다. 내 언니가 그러했고 육촌 오빠가 그랬다. 그들이 좀 수월하게 보인 것은 자기를 내세우지 않고 말을 아꼈기 때문이며 다른 사람이 돋보이도록 자신을 뒤로 둔 때문이란 걸 우리는 나중에야 알지 않을까. 2월은 혹한의 겨울을 견뎌온 너그러움과 봄을 잉태하기 위해 묵묵히 기다리는 사려를 품은 달이다.

그렇게 너그러움을 품은 달이므로 어쩌면 마음먹은 일들을 한 가지씩 하기에 딱 좋은 시간이기도 할 것이다. 며칠 작정하고 쌓아두었던 책을 읽거나, 어찌어찌 부은 적금으로 가까우나 소홀했던 사람과 떠나는 2박

3일의 충전 여행이 맞춤이겠다. 또는 마음의 빚이 있는 사람에게 편지를 보내거나 먼저 찾아가보는 그런 일들도 2월에 어울릴 것 같다. 또한 용서하고 받아들이는 시기도 어쩌면 2월이 제격이라는 생각이 든다.

2월은 서러움을 묵묵히 견딘 사람의 모습처럼 말이 없다. 그리고 어떤 주장도 없다. 세상이 유지되고 역사가 계속되는 건 2월 같은 존재가 있기 때문이다. 문명이 발달하고 과학이 성할수록 인간은 무력하기 마련이고 그 무력을 대신하기 위해 얼마나 많은 제도와 규칙을 만들었던가. 와중에서 서로 경쟁자가 되어 밀고 밀리며 먼저 나아가려 할 때 2월은 뒤에서 그 현장을 묵묵히 바라보고 있었을 것이다. 1년 혹은 전생으로 보더라도 먼저 가거나 미리 가기 위해 수단과 방법을 다하지만 결국 함께 승하거나 함께 멸한다는 걸 2월은 알았던 것이다.

그리하여 2월에는 우리가 한번쯤 고요해지면 좋겠다. 말 대신 바라봄에 정성을 기울이면 좋겠다. 지금 누가 울고 있는지 아직 도착하지 않은 이가 누구인지 살피는 시간이면 좋겠다. 추위의 뒤끝이라 아직 바람이 차므로 내 옷이 누군가의 등을 덮어주었으면 좋겠고,

혹시 내 말과 행동이 상처였다면 지금 찾아가 먼저 손 내밀어 화해를 청했으면 좋겠다. 2월은 그런 달이므로, 그런 화해의 시기이므로, 그 정성스러움이 나를 향해 오는 축복의 눈보라였으면 좋겠다. 2월이여, 짧고 설운 사랑처럼 돌아보면 짠한 내 안의 웅크린 존재가 있다.

풍경 사이의 슬픔

입춘 다음 날 강원도에는 풍성히 눈이 내렸는데 카메라가 전하는 가로수와 산길, 마을을 감싸 안은 설경은 아름답기 그지없었다. 누구에게나 잊을 수 없는 풍경이 있고 잊히지 않는 장면이 있겠다. 풍경이 단편적이라면 장면은 연속성을 가진다 할까. 내 기억의 잊을 수 없는 장면 중 하나가 바로 강원도의 설경이다. 눈으로 인한 피해가 낭만성을 가리기도 하지만 그럼에도 불구하고 백설은 시간을 초월하여 그 존재를 각인하고도 남음이 있다. 눈 소식을 접하자 몇 년 전 평창을 거쳐 대관령을 지날 때 만난 풍경 하나가 선연히 떠올랐다.

눈보라가 치는 그곳은 순백의 세상이었고 산과 들의 풍광을 완만하게 다독이는 백색의 조화는 눈부셨다. 그렇게 눈 내리는 길을 휘돌다 한 구비에서 황태덕장을 만났다. 화면이나 사진에서 여러 차례 보아왔지만 직접 맞닥뜨린 덕장의 모습은 장엄하고 고요했으며 비장하고 서러웠다. 세상에 존재하는 어떤 대열이 저토록 자신의 모든 것을 걸어 견디고 있을까. 일열 종대 수십 겹씩 도열한 대열 가까이서 나는 차를 내렸다. 아가미를 다 꿰인 명태가 온몸으로 견디고 있는 것은 눈보라가 아니고 먼 시간이었으며 선택이 아니라 절대였던 것을 어떻게 설명할까.

세상의 줄 선 모든 존재들은 슬프다는 느낌이 밀려왔다. 차례나 질서를 위한 자발적인 대열을 제외하면 사실 모든 줄은 가혹하다. 뭐가 그리 중요한지 모른 채 어릴 적 뙤약볕을 견디던 긴 조회 시간과 훈화 시간이 그러했고 아버지의 기억에서 나오는 가난의 배급 줄이 그러했으며 군대의 한 치 삐뚤어지지 않은 정확한 대열이 그러하다. 강요된 줄, 더구나 자로 잰 듯 맞춤한 그 줄들은 인간의 줄이 아닌 듯해 더욱 불편했다. 나는 로터리 화단에 줄 맞추어 핀 꽃들에게서도 어지럼을 느낀다. 그렇게 부동의 존재들은 죄다 슬픈 것이다.

눈보라를 가르고 선 덕장의 모습은 더할 나위 없이 엄숙했는데 침묵하는 그 대열은 죽음의 모습이 아니라 인내하는 수도자의 모습이었다. 어떤 시간이 그들을 이토록 깊게 했을까. 아가미를 벌리고 하늘을 향해 도열한 그 모습은 인간에게 무언가를 말하고 있는 듯, 나는 왠지 미안하고 민망하여 함께 눈을 맞고 선 것으로 마음을 대신하고 싶었다. 견디는 일은 대개 약자의 소임인 경우가 많지 않은가. 지배하고 명령하는 자는 견디는 편에 있지 않기 때문이다.

보잘것없이 보이겠지만 우리는 견디는 삶에 대해 달리 생각해야 한다. 견디는 자의 위치는 두드러지려는 자리가 아니라 채워주는 자리이며 뾰족하게 날 선 자리가 아니라 뭉툭한 울음의 자리이다. 그건 곧 아버지의 자리가 아니라 어머니의 자리이며 권리의 자리가 아니라 책무의 자리라 할까. 그러다 바람이 일자 덕장의 대열에서 낮은 음악이 들려왔다. 우우우 그건 분명 대열 사이에서 나오는 합창이었다. 선두와 말미, 그리고 위와 아래의 구별을 지운 평등한 자리에서 울려나오는 노래.

합창은 그런 것이다. 평생 더 돋보이기 위해, 더 나아 보이기 위해 애써온 인간의 독주에 비해 그들은 함께 익힌 몸의 노래를 하고 있었다. 눈보라와 함께 한 장엄한 대열, 그리고 조용히 울려 퍼지던 노래……. 그러나 돌아서면 사람은 다시 제자리로 돌아온다. 잊을 수 없고 잊히지 않는 풍경을 뒤로 하고 하필 그날 예정된 식당이 황태구이 식당이었던 것. 이렇게 인간의 욕망은 유치하고 행위는 범주를 벗어나지 못한다. 제 꼬리를 물고 도는 짐승처럼 제가 사는 자리가 죽는 자리라는 말을 새삼스럽게 떠올리지 않아도.

나 이곳에서 죽고 싶어

어떤 건축물에 들어섰을 때 말로 표현할 수 없는 분위기에 사로잡히며 감각이 고양되는 경우가 있다. 외국여행 중 그런 공간을 만나게 되었을 때 나는 가능하면 다른 일정을 줄이는 쪽을 택하는 편이다. 꼬르뷔제의 건축물을 보고 노래한다고 말한 발레리가 있고 누가 보아도 꿈을 현실로 옮겨놓은 듯한 가우디의 건축이 있으며 환상을 실제로 옮겨와 단단한 물성을 춤추는 율동성으로 바꾼 프랑코 게리의 건축이 있다. 건축물이 사람에게 주는 아우라는 다채롭고 신선하다. 그리고 현대 건축의 중심에 렘 콜하스가 있다.

시애틀 중앙도서관에서 렘 콜하스를 만난다. 그가 이 도서관의 설계자이다. 네델란드의 로테르담미술관, 독일의 미대사관, 중국 베이징의 CCTV 본사 빌딩 등을 비롯, 가까이 서울 리움미술관과 서울대 미술관의 설계자이기도 하다. 그의 건축은 전통의 시선에서 탈바꿈해 현대 도시적 기능을 완벽하게 구현하고 있다. 실험적인 사고로서 금기를 뛰어넘는 새로운 흐름을 만들어내고 있는 그의 말을 옮겨본다. "아름다움은 내 1차적인 관심사가 아니다. 내 작업의 아름다움은 무작위성과 의외성에 있다."

이 도서관 외관은 1만여 장 이상의 유리와 철제로 이루어져 있으며 자연 채광을 최대한 활용했다. 도서관은 인간의 본연에 중심을 두어 절제되고 단순하며 최대한 인체를 구속하지 않는 흐름이 있었는데, 마치 보이지 않는 생각을 보이도록 전개하는 듯했다. 건물에 들어서는 순간 느낀 어떤 눈부심은 독서를 감미로운 바람이 부는 수천 평 잔디밭에서 양질의 산소를 마시는 기분으로 전환해주었다 할까. 커다란 유리문과 천창으로 오는 적절한 채광이 즐비하게 늘어선 서가들을 어루만지고 작은 소음까지도 수렴하는 바닥은 사람들의 동선을 물처럼 흐르게 하고 있었다. 그리고 무엇보다 중요한 건 스미듯 들어와서 바로 아무 책이나 만질 수 있고 읽을 수 있고 느낄 수 있는 유연함이었다.

책들을 마주하고서 설레고 황홀했다. 훌륭하다고

평가받는 도서관이라 해도 어느 정도의 경직성으로 문턱이 느껴지곤 했는데, 이곳은 노면과 바닥이 수평으로 느껴질 만큼 평등하고 개방적으로 보였다. 출입자에게 너그럽고 자유로웠으며 세심했다. 어떤 절차도 없이 출입하고 아무 책이나 대면할 수 있는 개방된 분위기는 사람을 단숨에 책 속으로 흡수하였고 많은 장서들 가운데 요긴한 지점에는 어김없이 탁자와 의자가 독서를 유연하게 도왔다. 각 실들의 통로를 따라가면 바닥에 숫자가 나왔고 그 숫자는 도서의 목록과 위치를 알려주는 기호였다. 또한 내부의 가장자리가 통로 역할을 하는데 각 층마다 가장자리 통로는 미세하게 경사가 있어 한 바퀴 죽 따라가면 한 층을 지나온 셈이 되도록 설계되어 서 있는 피로감을 덜어주고 있었다.

이 나선형의 개념은 렘 콜하스가 특히 선호하는 방식으로 인체공학을 배려한 구조라 한다. 책은 사람 가까이 있어야 한다는 생각과 사람은 책을 통해 나아가고 완성된다는 기본명제가 건축물에 잘 반영되어 있으며 이는 건축의 인간 중심에서 기인했을 것이다. 전자 열람실 코너에서 휴대폰을 충전하며 혼자 자판을 뒤지는 꾀죄죄한 노숙자와 책은 읽지 않고 게임에 열중

하는 청소년까지도 수렴하는 도서관의 아량은 기존의 생각을 깨버린 설계자와 열린 행정이 공감을 이룬 터라 생각된다. 자유로운 형식이면서도 철저하게 정숙한 실내 분위기는 그걸 이해하는 성숙한 시민의 자세까지 덧대어 있었다.

나는 이국의 한 시인으로서 문학 코너로 향했고 시집 코너에서 낯익은 시인들의 시집을 일별할 즈음, 동양의 서가에 이어 한국의 서가가 작지만 눈에 띄었다. 내심 한국 서적 코너를 찾고 있던 참이었다. 이상, 박목월, 김지하, 고은, 묶은 한국의 시, 정도였다. 아쉬웠지만 시집 한 권을 뽑아들고 표지를 어루만지며 전망이 좋은 탁자에 앉았다. 고요히 정오의 햇살이 미끄러지는 유리창 너머 잘 자란 가로수가 잎을 흔들며 투영되고 있었다. 이곳에서 며칠 살고 싶다는 생각, 독서가 일상이라는 부러움이 있었다. 우리나라도 전국 곳곳에 도서관이 건립되어 시민들을 부르고 있다. 도서관이 행사나 공부를 위한 공간으로 쓰이는 것도 좋겠지만 무엇보다도 진정으로 독서를 위한 공간이면 좋겠다. 렘콜하스를 능가하는 도서관이 나의 나라에도 세워지리라는 바람, 머지않을 여기는 시애틀.

수심은 수심을 모르고

비탈리의 〈샤콘느 G단조〉를 400번쯤 들었을 때 겨울이 가고 있었다. 슬픈 사람은 한 가지 일만 생각한다. 어떤 상심으로 나는 아무것도 할 수 없었으므로 그를 듣고 다시 들었다. 시간은 느리게 흐르고 나는 33번 국도에 서 있는 앙상한 나뭇가지를 현으로 삼아 활대를 긁어대고 있었다. 어떤 울음은 먼저 정성스레 들어줘야 하는데 그 겨울 하이페츠의 연주는 내가 먼저 들어준 울음이었고 뒤이어 샤콘느가 내 마음을 들어주었다. 설명할 필요 없는 시간들이 샤콘느 안에서 흐르며 부서졌고 더러는 찢기며 지나가고 있었다. 400회라는 건 나에게 젖고 보낼 수 있는 정도가 소요되는 횟수이다.

시간은 느리게 깄다. 나는 모호한 관계를 정리하고 싶었다. 느림과 기억 사이, 빠름과 망각 사이에 어떤 내밀한 관계가 있다고 한 밀란 쿤데라식으로 본다면 빠름과 느림의 정도는 기억의 강도에 반비례하는 걸까. 그러는 사이 현으로 삼아 활대를 긁어대던 나뭇가지들이 우우 가려운 듯 몸을 비비더니 3월이 왔다. 내 감정의 회복보다 빨리, 인식보다 명확히, 활대로 긁은 자국마다 연둣빛 젖니가 물려 있었다. 연둣빛 잔치, 나무와 나무들의 혼례가 빚어내는 연둣빛을 보면서 내 슬픔이 이보다 더 중요한가를 물었다. 어쩌면 400번씩 반복 재생했던 하이페츠가 연두를 불러내었나. 나는 활대를 집 속에 깊이 넣었다. 아버지가 자꾸 내 뒷자락을 당기고 있었다. 두꺼운 경전 같은 아버지, 아버지의 인큐베이터 속, 나는 설탕물 같은 그곳이 싫어요. 문을 열어주세요. 설탕에 자란 충치로는 세상이 너무 질겨요. 서른아홉, 아버지가 오래도록 잡고 있던 내 뒷자락을 갑자기 놓았다. 꽈당! 아무런 준비도 없고 생각도 없이 벗어나려고 투정만 했던 나는 스스로의 모순에 부딪혀 좌충우돌 멍들고 피 흘렸다. 강박을 벗어나는 일에 자꾸 아버지를 소환한들 무슨 의미이겠느냐. 내가 가진 불화는 세상을 모르고 세상은 나의 외상을 모르는데 애매한 너희는 가까이 오지 마라.

반복 학습이 준 기억은 강하다. 상상력의 회로마

다 막아서는 아버지, 소학이나 명심보감으로 덮은 성장기의 무채색 식탁에 나는 앉아 있었다. 정해진 자리에 식물처럼 앉아 잎 진 뒤 빨갛게 담벼락을 오르던 구기자 열매를 별자리처럼 바라보던 기억과 비탈리의 '샤콘느'를 구석까지 외워버린 일이 겹치고 있었다. 이건 또 무슨 상관관계인지 집중은 자주 비애 쪽으로 흘렀다. 그리고 어이없게 아버지가 가셨다. 나는 아직 그를 상대로 물어야 할 게 너무 많은데 아무 말 없이 치사하게 가버리셨다. 내가 울었던 건 그의 떠남이 아니라 아무 때나 걸고 넘어지던 상대를 잃어버린 허탈함 때문이었고 내 인식의 느낌표 하나 찍지 못한 허전함 때문이었다. 그렇게 빛바랜 유품처럼 내가 덩그러니 남았다. 벗어나겠다는 억지도 필요가 없어진 것이다. 아버지의 집무실에 걸린 게시판의 사진들 속에서 여전히 웃고 있는 당신을 발견하는 일만이 현실이 되었다. 그는 그의 방식으로 충실했던 것뿐이라고 사진들은 친절하게 설명하고 있었다.

나를 진찰하는 의사는 같은 맥박 속에서도 그날의 정서와 의식과 불안과 심지어 음식 섭취량까지도 알아낸다. 치사하다. 그러니 이제 더 이상 내가 나를 속일 수 없다. 그건 자유도 해방도 아니다. 수심은 원래 자신이 모르는 것. 수심을 알 수 없기에 세상을 헤엄치고 또 빠져들게 될 것이다. 제자리를 맴돌면 어떤가. 무엇보다 자신이 되는 일. 그리고 지속하는 일, 얕은 물에도 고기가 산다. 내 삶의 수심도 잊어버리기. 이마에 와 부딪는 바람을 맞으며 바람의 차고 서늘하고 더운 기운을 느끼는 것. 그 바람이 어디로 나아가는지 무심히 바라보는 것. 무언가가 늘 우리 주변에 있다는 걸 기억하는 것. 흰나비처럼, "아무도 그에게 수심을 일러준 일이 없기에 도무지 바다가 무섭지 않"은 김기림의 흰나비처럼.

선물의 의미 사이에서

선물은 포장에서 시작하고 포장으로 끝난다. 선물 받는 입장에선 포장을 푸는 일이 시작이고 주는 입장에선 포장하는 일로 마무리가 되기 때문이다. 나는 될 수 있으면 작은 선물이라도 포장을 하거나 리본을 묶어주려 한다. 센스 있게 선택한 포장지 위에 리본까지 예쁘게 묶인 선물은 받는 순간 누구나 즐거운 흥분에 싸이기 때문이다. 거기까지가 이미 반 이상이다. 나는 이 첫 단계에 종종 마음을 빼앗긴다. 그래서 포장지를 북 찢을 수가 없다. 그리고 차마 리본 풀기가 아까워 한참을 망설인다. 망설인다기보다 그 상태를 더 유지하고 싶은 마음이 개봉까지의 시간을 지연하는 것이다.

선물에 대한 경험이 없는 사람은 없을 것이다. 선물은 주는 자와 받는 자의 마음이 기쁨과 감사함으로 공감을 이룰 때 최상의 상태가 된다. 일방적이거나 의도가 짙을 때의 선물은 사실 선물이 아니다. 쉬운 일인 것 같지만 선물을 요령 있게 하기는 쉽지 않다. 서로의 입장과 형편을 고려해야 함은 물론 시기와 의미가 적절히 표현되어야 하기에 여간한 센스를 요하는 게 아니다. 값진 것이 아니어도 기분 좋은 선물은 설레는 순간을 경험하게 하며 우리들의 일상을 향기롭게 하기에 충분하다.

5월은 선물을 해야 하는 일이 많은 달이다. 반대로 선물을 받는 달이기도 하다. 나도 선물을 주거나 혹은 받지만 선물을 주고받는 일이 생각만큼 단순하지가 않다. 요즈음은 남녀노소 상품권이나 현금이 대세라는데, 합리적인 방법이라 여겨지지만 세속적인 허전함이 남는다. 나는 주로 여행지에서 독특하고 귀여운 물건들을 여러 개 사는 편인데 그렇게 사둔 물건들을 적절하게 선물하는 일은 꽤 재미롭다. 특히 뮤지엄 숍이나 특화된 시장에서 디자인이 독특한 물건을 고르는 기쁨은 훗날 받을 사람을 상상하며 그 물건과 맞춤해보는 은밀한 즐거움으로 확대된다. 모든 선물은 세상에서 하나뿐인 것이다.

선물에는 누군가의 시간과 공간이 함께 있으며 또

한 마음과 정서가 함께한다. 선물에 의미를 부여하는 것은 그것에 기울인 마음과 노력을 읽기 때문일 것이다. 유물론적이라기보다 온정주의적이라 믿고 싶은데 물성에도 격이 있고 영감이 있다는 것 말이다. 그건 어디까지나 물성을 대하는 태도를 일컫는다. 하지만 시간이 지나면서 선물의 의미가 잊히거나 변질되는 경우도 있다. 그건 시간과 함께 인간의 마음과 감정이 변하기 때문일 것이다.

그렇다면 선물의 속성도 이중적일까. 나는 잊었지만 그는 기억하고 있으며 그는 잊었지만 나는 잊지 않고 있는 어긋남 말이다. 아름다운 수수였던 선물의 내막에도 인간의 관계가 그러하듯 상충이 따르는가 보다. 그렇다면 선물의 기능은 어디까지일까. 결혼반지나 특정한 의미를 지닌 선물은 그야말로 약속이므로 간직해야 하지만 그 역시 불변한다 할 수 있을까. 가장 좋은 선물이란 준 사람과 받은 사람 공히 그 사실을 잊어버리는 일일 거라고 생각한 적이 있다. 부담도 수고도 넘어 고요히 원초의 상태로 돌아가는 일.

내가 아는 고귀한 선물은 카프카식의 선물이라 여기는데, 눈에 보이는 선물이라기보다 내면의 의미를 지닌 사례가 아닌가 한다. 카프카는 책을 빌리러 온 사람에게 책과 함께 이렇게 말하곤 했다. '돌려주시지 않아도 됩니다'라고. 빌리는 사람의 부담을 미리 헤아려준, 층위를 달리한 진심의 선물이다. 그리고 말년 요양원에 있을 때 방문해온 인터뷰어가 "선생님, 오늘은 안색이 좋으십니다"라고 하자 "빌려온 빛에 지나지 않습니다. 그리고 당신의 친절한 말에 대한 반영입니다"라고 했다.

감사의 표시를 깊고 아름답게 되돌릴 수 있는 말이야말로 으뜸의 선물일 것이다. 그런 말씀과 행위의 선물은 세세년년 기억하고 간직되는 선물 중의 선물이 아닐까. 세속을 살며 이리저리 휘둘리며 가는 중 소박하게 주고받는 인정도 정겹지만, 갈등이나 변질이 없는 궁극의 선물을 생각하며 카프카를 기억해보았다. 포장에서 시작하고 포장으로 끝난다는 서두의 문장이 하나의 상징인 듯, 이래저래 선물의 달이라는 5월도 중순을 넘기고 있다.

당신은 낙석주의 하시나요

시내를 벗어난 외곽도로나 비탈진 산 옆 도로를 지날 때 우리가 만나게 되는 표지판이 있다. '낙석주의'. 이 팻말을 보면서 묘한 느낌이 들거나 갈등이 일 때가 한두 번이 아니다. 어쩌지? 가야 하나 말아야 하나 의아해하면서도 진행 방향을 바꿀 수 없으므로 그냥 체념하고 가던 길을 가게 된다. 돌멩이나 바위가 굴러 떨어질 낮은 확률에 대한 방심 때문이고 또한, 만에 하나 돌멩이가 굴러도 자신에게 날아들 낮은 확률에의 낙관 때문일 것이다.

그 표지판을 보면서 종종 인생도 참 저와 같다고 느낄 때가 있다. 뻔히 알면서 할 수도 없고 하지 않을 수도 없는 그런 난감한 일들 말이다. 더구나 외길에서 뒤따르는 차가 있으면 의지와 상관없이 진행해야 하듯 그 이상은 자신이 관여할 수 없는 부분이 되고 만다. 하루

매 시간을 계획해서 살 수도 없고 계획했다 하더라도 생활이라는 관성, 삶이라는 속도는 판단도 하기 전에 밀고 들어오지 않는가.

살아가면서 많은 '낙석주의' 앞에 갈등했던 것 같다. 그리고 그 갈등에도 불구하고 의지대로 움직였던 적은 많지 않았다. 시험공부를 소홀히 하면 어떻게 된다는 걸 알면서도 밤을 새운 적 없었고, 혼날 줄 뻔히 알면서 보충수업을 빼먹고 라면집에 앉아 있다 들킨 일들은 제 몫으로 돌아오는 일이니 별것도 아니라 치자. 이것을 보면 저것이 걸리고 저것을 하면 이것이 낭패일 게 분명한데도 어느 쪽으로 결정할 수 없었던 경우들이 '낙석주의'가 아니었나 싶다. '살다 보면 괜찮겠지'라는, 논리도 없는 믿음을 자신의 탓인 양, 아닌 양 살아왔으니 이건 너와 나의 무책임이다.

우리의 삶 앞엔 우리가 결정하기 어려운 사실들이 있게 마련이다. 더구나 다가올 미래에 대하여 확신할 수 있는 일이 얼마나 될까? 그렇다 한들 '낙석주의' 앞에 선 마음처럼 그냥 관성이나 습관에 맡겨보는 일은 타당할까, 우리네 핍박한 세간살이는 보이지 않는 위로라도 있어서 마음 추스르며 내일을 열어가기도 하고 또 어떤 불상사 앞에서 인생이란 그런 거야, 라며 넌지시 세상 탓으로 돌려버리는 여유 정도야 없지 않지만 마음에 이는 의혹을 다 감출 수는 없는 것이다.

정말 지혜로운 사람이 있어 미리 예상하여 낙석의 소지를 없애버릴 수 있다면 얼마나 현명하고 완벽한 자세일까. 간간히 불거지는 사건들, 유통기한을 속인 식재료로 아이들이 집단 발병하는 일, 멀쩡히 지나가다가 자동차 바퀴가 빠지는 싱크 홀이나 공사장의 크레인이 무너져 차와 사람을 덮치는 일, 날조된 부품들로 인한 예정된 인재人災들은 미리 예방할 수 있는 '낙석주의'가 아닌가. 진정한 위정이란 멀쩡한 돌다리도 미리 두드려 보아 뒷사람을 온전하게 하는 일이고 낙석주의 팻말 대신 낙석의 소지를 없애는 정신일 것이다.

세월호 참사 이후, 한 실책이 더 큰 아픔으로 확산되지 않길 간절히 바라는 마음이다. 변화는 천천히 나타나지만 근원을 잊지 않으면 불행은 줄일 수 있다. 누구나 큰 것을 바라는 게 아니다. 그저 소박하게 내가 지나는 길에서 불안한 일 없기를 바라고, 내가 들리는 식당에서 불신하는 마음이 없기를 바라며 내가 밤길에서 만나는 사람에게 불편한 마음이 없는 삶을 살고 싶은 것이다. '낙석주의', 이 팻말은 어찌 보면 참 폭력적이기도 하다. 책임지는 사람 없는 무성의한 고지, 방만한 행정이 감추어진 듯 입맛이 씁쓸하다. 저 표지판을 세우신 당신이 먼저 그 길을 지나가보세요. 그런 후에 어떤 기분인지 다시 말해주세요.

보이지 않는 곳에 피어나서

잎도 없이 빈 가지에 열리는 꽃이나, 잎 나고 더 싱그러운 꽃들이 있는 4월과 5월은 행복하고 또 고단하다. 행복하다는 뜻은 우주의 질서와 그 순응하는 생명체들을 인간의 입장에서 색채로 누리는 안복 때문이고, 고단하다는 뜻은 어떤 유해 환경에도 불구하고 어김없이 살아내는 저들의 변함없는 운행을 바라보는 인간으로서의 애틋함을 말한다.

절정 곁에서 아프지 않은 생이 없다는 생각에 이르면 모든 개화가 실은 눈물이고 통점이다. 살아 있는 것이 담당해야 하는 견딤의 몫은 살아 누리는 열락의 몫보다 더 크고 무겁다. 그중에서도 백합나무 꽃은 몇 겹의 생각으로 보아야 하는 깊은 꽃이다. 백합나무는 얼핏 플라타너스와 비슷해 보이지만 수피가 더 단정하고 잎이 정교하다. 백과사전의 지식을 종합해보면 가로수에 적합한 목백합의 꽃은 연두에 가까운 연노란색을 띠며 높이 10미터 이상의 나무 상부에 꽃을 피우는데 종처럼 생긴 그 꽃은 하늘을 향하고 있어 좀처럼 아래에 선 보기 어렵다.

지금은 목백합이 한창인 시기이다. 내가 그 꽃을 처음 본 것은 20여 년 전 강의실 2층 창을 통해서였다. 시 쓰는 일의 고단함에 파김치가 되어 절망의 기운을 뚝뚝 흘리던 때, 창가에 서서 밖을 보는 순간 연노랑 커다란 꽃이 묵묵히 나를 향하고 있었다. 여러 차례 그 아래를 지나다녔지만 평지에서는 보지 못한 꽃을 이렇게 위에서 볼 수 있다니. 순간, 저 꽃이 상부를 담당하는 것은 빌딩에 갇힌 자들의 고단한 시간을 위한 것이 아닐까 라는 생각이 들었다.

도시의 삶이란 게 그렇다. 지하 생활만 고단한 게 아니다. 지면에 발 디딜 시간 없이 작업에 파묻힌 사람들이 생각보다 많다. 그들은 근무시간 내내 땅 한번 밟아보지 못하고 하루를 마감하기도 한다. 고된 작업 중 잠시 창가에 설 때, 기다리고 있었다는 듯 꽃은 고요한 눈빛으로 마주했을 것이다. 많은 사람이 아니어도 단 하나의 외로운 영혼이 있는 곳을 찾아가는 은수자처럼 그

개화는 쓸쓸한 생존들을 위로하는 헌화가 아니었을까.

백화난만하게 다투듯 피어난 것이 아니라 홀로 멀찍이서 뭔가를 헤아려 피어난 꽃, 어머니 생각이 났다. 여러 자식 가운데 유독 허전한 자식을 품으며 이리 저리 세상의 매를 피해 숨겨주시던 마음, 늘 주의를 거두지 않으시던 눈길, 어디 감추어두었다가 몰래 반짝 내밀던 과자처럼 그 꽃이 그러했다. 그 자식이 자라 눈물겨운 시를 쓰며 서러운 꽃을 만나는 순간, 다시 어머니의 마음을 더듬게 하는 꽃. 종일 재봉틀을 돌리던 이, 복사기 앞에서 다리가 붓던 이, 가스 불 앞에서 볼이 확확 달던 이가 이 꽃을 보며 잠시 박하사탕 머금은 듯 코가 챙! 하게 뚫린다면 삶은 좀 견딜 만하지 않겠는가.

보이지 않는 높은 곳에서 다른 이를 먼저 생각하며 피어난 꽃, 어머니의 희생이나 배려를 담은 듯한 꽃. 누군가에게 닿는 작은 위로이거나 아픔을 덮는 시이기를 갈망하는 마음이 거기 투사된 것일까. 그냥 바라보기 아깝고 미안해지는 봄꽃들. 봄엔 얼비치는 밑그림들마저 투명하여 내 누추함이 송구하지만 더 많게는 눈부시고 아름다웠음을 이렇게 에둘러 말해보는 것이다.

그 하루, 정지된 순간

초점도 없이 밥을 떠 넣고 있을 때 그 사람은 텅 비어 있다. 비어 있다는 것은 어떤 형태로든 어떤 부분을 잊은 것, 잊고 싶어 하는 것, 폐허일 때이다. 무기력과 나른함에 잡혀 지나던 날 꿈 하나를 꾸었다. 넓게 펼쳐진 평원을 자동차로 질주하고 있었다. 가로수 사이로 햇살도 퍼지고 초록의 잎사귀가 바람에 흔들리는 것을 보았다. 한참을 달리고 있을 때 길의 끝이 보였다. 브레이크를 힘주어 밟았는데 브레이크가 말을 듣지 않았다. 낭떠러지로 차의 앞바퀴가 나가는 것을 보고만 있었다. 잠시 허공에 떠 있던 차, 정지된 희망처럼 꿈은 거기서 끝이 났으나 낭떠러지 이후가 몹시 궁금했다. 낭떠러지는 실패 이전에 암시이리라. 현실의 과부하가 만든 경고이리라. 소망이 많을수록 낭떠러지는 자주 다가올 것이다.

기형도의 「포도밭 묘지」처럼 헛된 믿음은 폐허였

고 적막이었으나 적막 속에서 마른 이파리가 떠가는 공중을 만나고 싶은 것이다. 그는 희망 대신 절망을 말하겠다고 했다, 절망을 말하며 절망을 바라보려는 에너지는 희망보다 더 강렬한 것, 그러니 주인인 그가 자신을 잃은 것이 아니다. 아무 의미 없는 동작 안에 강렬한 의미가, 초점 없는 시선 안에 집요한 상이 있다는 건 공식이다. 그러니 위태로웠던 낭떠러지는 단단한 질주의 원형이라고 애써 말할까.

에드워드 호퍼의 그림들을 보면 그 그림이 주는 한없는 정지, 아무 욕망 없는 현재, 찾아갈 곳도 찾아올 이도 없는 적막한 비애가 있다. 너무 적요해서 평화로워 보이던 것처럼 울음조차 없는 메마름이 깊이 스치고 간다. 타자기를 두드리거나 레스토랑에서 연인과 식사를 하거나 오케스트라를 관람하는 시간에도 개개인의 생각과 시선은 각각 다른 곳에 있다. 커다란 창으로 햇빛이 긋는 방에 속치마 차림으로 서 있는 여자도 아무런 욕망을 불러일으키지 않는다. 어떤 시비와 간섭마저도 배제된 고독과 지독한 소외는 정지에 다름없다. 그 적막이 견고하게 여겨진 이유는 내면에 무시무시한 삶이 도사리고 있기 때문이다.

그림 속 여자의 눈빛에 깊이 수긍했다. 아무런 욕망 없이 먹었던 밥은 결국 소화되지 못하고 오래도록 더부룩하게 헛배를 끓이다가 배설되었다. 불화에 시달렸거나 흡수하지 못했던 현실의 절반 이상이 그렇게 외부로 빠져나갔으리라. 그토록 부조화라는 것, 태연하려 했던 몸짓도 부글거리는 삶에 대한 은폐라는 걸 알겠다. 달리 말해서 결벽증 같은 것, 필요 이상으로 청결한 곳에 세균들이 모여든다면 절망은 세균을 이기는 힘, 절망으로 절망을 이길 수 있다는 역설이 즐겁다. 그러나 절망의 관리는 자신만의 몫.

"어제 저 나무 위로 날아간 새는 어치예요"라고 누군가 억양 없이 말했다. 푸드득 의식의 한쪽이 끊어져 나간 듯 마음이 추웠다. 날아보지 못한 한쪽이 남아 몸을 간섭할 것이다. 그렇다면 꿈에 본 낭떠러지는 무엇일까. 상실이 아닌 정지, 운동이 아닌 멈춤은 아마 절망의 전 단계일 것이다. 어쩌면 온전한 순간, 낭떠러지는 이곳도 저곳도 아닌 중간 지대이며 상승도 추락도 아닌 긴장의 한 지점, 전심전력 시작해야 할 출발의 암시인지도 모른다. 절박함이 마련하겠지만 터닝 포인트라고 생각할 것이다. 그러나 반드시 생의 브레이크는 점검할 것.

빈집과 미안하다 사이에 나는 있다

다시 돌아왔다. 8월의 마지막 더위 속으로, 365일, 먼 길을 돌아왔다. 비워둔 집 문을 열면서 습한 냄새를 맡는다. 집도 공허에 시달렸는가. 오래 집을 떠났다가 돌아온 사람은 알리라. 빈집이 추억하는 허전한 무게들…… 빽빽해진 수도꼭지와 새삼스레 손때 묻은 벽지의 낯섦과 몇 번의 점화 끝에 무겁게 올라오는 가스레인지의 불꽃과 그리고…… 그리고 내 낡은 사유가 방구석구석 잠식해 있는 것을, 그러나 집은 나의 체취와 체온을 기억 못하는지 나를 한동안 서 있게 한다. 부재가 쌓인 먼지 두께만큼 나를 받아들이는데 꽤 오랜 시간이 차륵차륵 지나갔다. 잊을 수 있겠는가. 낯선 외국어에 둘러싸였던 밤과 낮을, 이곳으로 돌아오기 위해 견디었던 9,120시간은 어쩌면 내가 나의 언어로 돌아오려는 회로였다. 그만큼의 서먹한 애증이 빈집과 나

사이를 지나갔다. 나는 이 미세한 간격, 9,120시간의 공허를 재빨리 회복하기 위해 모든 방의 전기 스위치를 올렸다. 불빛 아래 드러나는 새삼스러운 정경들, 그러나 미처 돌아오지 않고 있는 내 그리움 하나 완강하게 자리해서 나는 아무 곳에도 앉을 수 없다. 돌아왔는데 나는 돌아왔는데 내 뒷자락에 묻어 같이 온 줄 알았던 피붙이 하나 끝내 당도하지 않았고 앞으로 내가 견뎌야 할 이별의 분량을 가늠하며 나는 모로 누웠다.

빈집에 와서도 나는 이 공간을 따뜻하게 어루만지거나 채워주지 못하고 더욱 황량하다. 안정하지 못하는 환자처럼. 사랑은 늘 멀리 있었다. 하나를 가까스로 이해해 보내면 다른 하나가 다가와 이해를 요구했다. 어디서나 그리움이란 놈은 제자리에 버티고 있으니 이 삶의 장애를 수락해야 하나. 드라이플라워 된 노란 장미가 가벼운 몸을 더욱 말리고 있다. 문득 마루야마 겐지의 '잘 죽은 내가 여기 있다'라는 적요한 문장이 떠올랐다.

현실에 깊숙이 들어가기를 주저했던 것은 나의 성향이었고 아직도 현실의 정곡을 우회하고 있는 것은 내 두려움이다. 시에 대한 나의 접근도 우회는 아니었을까. 내가 시달렸던 것은 현실이 아니라 관념이었다. 당연히 그대도 현실이 아니라 관념이었음을 지각하게 되는 날은 아무도 만날 수 없다. 아무것도 할 수가 없다.

그리하여 8월의 마지막 더위 속에서, 9,120시간만의 귀가에서, 더구나 텅 빈 집에서 나는 소리 없이 죽은 듯 엎디어 있다. 박스 속에 그대로 포장되어 있는 사물과 생각, 아무렇게나 주름이 간 의복과 전지를 빼버려 멈춰선 시계, 오랫동안 바깥세상의 길흉을 차단하고 닫혀 있던 창들에게 나는 미안했고 미안하다. 그러다 문득 방 모서리를 행진하는 빨갛고 투명한 작은 개미 무리를 발견했다. 어디서 나타났을까. 나의 부재를 알고 지상으로부터 30여 미터를 걸어왔을 그들의 방문은 무얼 뜻하는 걸까.

나의 허탈 앞에서 그들 단호한 질서는 암시처럼 나를 일어나게 했다. 그러하리라. 저들의 행보는 생의 기미를 수로처럼 따라가라는 은유일 것이다. 나는 일어나 주방으로 가서 누군가 사다놓은 생수를 병째 천천히 마시고 창문을 열었다. 보고픔이 증폭될까 닫아두었던 창을 열고 한꺼번에 소리치는 산과 6차선 도로와 아파트 건물과 가로수들 틈에 이름 하나 걸어둔다. 비어 있는 자리가 비어 있지 않도록 그리고 없는 그의 방문 앞에 서서 똑똑 노크를 한다. 동그라미가 퍼진다.

4부

당신은 어느 길 위에

어느 생일 이야기

세월호 사건 1주년이 되던 해 4월, 한 통의 메일을 받았다. 세월호로 희생된 아이의 생일날, 유가족을 위한 치유 프로그램으로 그 아이의 입장이 되어 유가족에게 생일시를 쓴다는 것이었으며 그 일에 시인으로서 동참해줄 것을 부탁하는 내용이었다. 말하자면 그 아이가 되어 쓴, 잘 있노라는 글이 유가족을 위로할 것이라는 취지였다. 흔히 알고 있듯이 세월호 참사를 접근하는 것으로 두 개의 트랙이 있다. 하나는 정치사회적인 측면의 접근이며 다른 하나는 그 못지않게 중요한 심리 치유적 맥락에서의 접근이다. 유가족을 위한 생일시 프로그램은 후자에 속한다. 이 치유 프로그램은 희생자나 유가족들의 상상할 수 없는 아픔과 심각한 트라우마를 위해 마련되었으며 그 중심에 선 사람이 정신과 전문의 정혜신 선생과 남편이자 심리기획가인 이명수 선생이다.

세월호 사건 이후 두 분은 본업을 접고 안산에 내려와 '치유공간 이웃'이라는 장을 마련, 유가족을 위한 심리치유 작업을 해오고 있다. 이루 말할 수 없는 시간과 상황들이 지나갔지만 해가 지나도 유가족들이 느끼는 아이들에 대한 그리움은 간절하기만 하다. 1년이 지나 다시 아이의 생일날이 돌아오자 가족들은 더 안절부절, 소위 '기념일 우울증'이 나타났는데 그걸 치유하기 위해 생일시 프로그램이 마련되었던 것이다.

지금껏 여러 목소리가 희생된 아이들을 위한 문제에 골몰했다면, 이 프로그램은 그와 반대로 만신창이가 된 유가족을 위해 아이가 보내는 위로와 사랑의 목소리를 들려주는 기회이며 기획이었다. 한 사람의 시인이 한 아이가 되어 시를 쓰게 되었는데 나는 단원고 2학년 고 선우진이 되어 생일시를 썼다. 그들이 보내준 아이의 자료와 사진과 평소의 일화들을 토대로 시를 쓰기 위해 나는 선우진이 되어 2주간을 살았다. 몸이 시리고 아프고 때때로 밤이 되면 물소리에 잠긴 듯 추웠다. 그 생일시는 참 아프고 힘든 시였다.

그 아이, 우진이는 따뜻하고 선량한 모범생이었다. 어린 동생과 어머니를 끔찍이도 사랑하던 아이, 친구의 어려움을 외면하지 못하던 아이, 선생님이 되고 싶고 축구 해설가가 더 되고 싶다는 아이. 나는 그 아이 사진을 보며 울었고 어딘가 숨어 있다가 타닥 나타날 것 같은 환영이 서러웠고 꽃 이파리 같은 어린 목숨이 안타까웠으나 마음을 가다듬으며 이 애도에 참여하는 일로써 이 땅에 살아 있는 목숨으로 진 빚을 조금이나마 갚으려 했다.

6월 10일이 선우진의 생일이다. 정토회에서 정성껏 마련한 생일상 앞에 4, 50명이 모여 그날 하루 우진이만을 위한 이야기로 시간을 함께한다. 먼저 화면 가득 그날의 하이라이트인 생일시를 띄우고 누군가 시를 읽는 것으로 시작한다. 그리고 다 함께 시를 낭독하며 그 과정에서 가족과 친구, 동참한 사람들은 선우진을 느끼고 만난다. 보고 싶었다고, 사랑한다고, 다시 헤어지지 말자고 부둥켜안은 채 눈물바다를 이루는데 그 과정에서 이윽고 보이지 않아도 볼 수 있고 들리지 않아도 들을 수 있으며 만질 수 없어도 함께 있다는 믿음을 얻으며 슬픔을 위로하는 것이다. 숭고하고 아름다운 이별이며 또 다른 만남이 가능한 순간인 것이다.

세상의 어떤 슬픔이 이러하랴. 그리고 어떤 아픔

이 또 이러하랴. 더하여 어떤 분노가 이러하랴마는 삶은 계속되고, 잊어선 안 되는 것을 기억하기 위해 우리는 다시 일어서야 한다. 우진이가 시를 읽는다.

아무도 없는 밤

현관 센서 등이 반짝 켜진 적 있죠

그래요, 제가 다녀간 거예요

어머니 이제 거실에서 쪽잠 자지 마세요

보고 싶을 때 제가 갈게요

울지 마세요

나의 어머니

나의 사랑

나의 그리움

우리들의 시간은 다 꽃이었어요

---

* 세월호 1주기인 2015년, 34명의 시인이 34명의 단원고 희생자가 되어 쓴 생일시는 「엄마, 나야」라는 제목으로 난다 출판사에서 출간되었다.

** 인용된 선우진의 생일시, 「우리들의 시간은 다 꽃이었어요」는 이후 2019년 이종언 감독, 영화 〈생일〉 가운데 롱 테이크 기법으로 삽입되었다.

오늘도 불안한 당신에게

살아가는 동안 불안을 떨쳐버리기는 어려운 일일 것이다. 더구나 현대라는 세계의 급격한 변화는 말할 수 없는 속도로 내닫고 있으며 인공지능의 등장으로 인간의 삶은 더욱 위축되거나 외면될 위기에 이르렀다. 이제 우리 스스로 미래를 예상하기도 어렵게 되어버렸다. 세계의 선이나 정의, 이런 일들은 자국우선주의와 패권주의 앞에서 무너진 지 오래이다. 예측할 수 없는 상황 앞에서 불안하고 어떻게도 할 수 없다는 판단으로 불안한 삶을 당연한 일상으로 살고 있다.

나는 불안이 심한 편이어서 평안하게 자신을 놓아본 적이 많지 않다. 옆에 모르는 누군가가 있으면 불안하고 인파가 가득한 광장이 불안하고 자동차의 휘발유 눈금이 절반을 지나가는 순간 불안하다. 그건 자신의 심약한 정서와 더불어 결벽과 강박 때문이 아닐까 잠정

결론해보지만, 그 불안은 꽤 오랫동안 두통과 위통을 동반하기도 했다. 그러다가 어느 날 불현듯 불안의 정체를 다시 정의하게 되었다.

알랭 드 보통은 『불안』에서 자신이 하찮은 존재라는 생각 때문에 느끼는 불안을 치유하기에 좋은 방법으로 "세계라는 거대한 공간을 여행하는 것, 그것이 불가능하다면 예술작품을 통하여 세상을 여행하는 것"이라는 다소 평범한 이야기를 제시하고 있는데, 그보다 좀 더 근본적인 방법은 불안에 대한 생각을 바꾸는 것이 아닐까. 폭력이나 강제된 외부적 불안이 아니고 자신의 심리에 근거하는 불안이라면 달리 보자는 말이다. 아이러니하게 들리겠지만, 불안했으므로 피해갈 수 있었고 불안했으므로 예비할 수 있었고 불안했으므로 넘어갈 수 있었다면 불안이야말로 꽃이고 구름이고 미래였다고 말하고 싶다.

나는 간혹 『천일야화』를 떠올린다. 그렇다면 아라비아 왕의 호기심을 자극해 천 일 동안 버틴 셰에라자드의 에너지는 과연 무엇이었을까. 나는 그 원인을 불안에서 찾는다. 위기가 불안을 초래했고 불안이 창조의 에너지를 제공했다는 생각 말이다.

불안을 결코 부정적인 성향으로 해석하지 말자는 것이다. 어떠한 일에 불안하다는 것은 이미 그 일을 중요하게 여기고 임한다는 뜻이며 이로써 그르칠 수 있는 상황을 대비하게 될 것이다. 그렇게 보자면 불안은 어떤 선의 입장에 서 있기도 하다. 불안을 미화하자는 건 아니다. 우리가 천 일 동안 불안하다면 천 개의 이야기를 창조할 수 있다고 믿는다. 그렇다면 그때의 불안은 햇살이고 지혜이며 꿈이라 말하고 싶다. 불안이라는 장미, 불안이라는 내일, 불안이라는 당신, 어떤 사실이 독이 되기도 하고 꽃이 되기도 하는 경우는 결국 인간의 의지에 관한 일일 것이다.

꽃 장식을 한 말

지난여름 세인트루이스에 들렀을 때 시가지에서 관광객을 실어 나르는 말을 보았다. 잔등에 꽃 장식을 한 말들이 관광객을 태우고 아스팔트 거리를 따각따각 가고 있었다. 훈련된 말들은 이미 길을 외고 있었으리라. 무표정하게 가고 있는 말들의 말굽 소리가 귀에 울려 마음이 쓰였다. 관광용 말을 처음 본 건 아니지만 메리어트호텔 앞 매끈한 도로와 뒷머리에 꽃을 장식한 말들의 대비가 꽃상여처럼 눈물겨웠다. 말들이 아스팔트에 길들여지자면 관절이 다 나가고 발굽이 다 닳는다는 말을 들은 터여서 갑자기 내 관절에서 뚜둑 소리가 나는 듯했다.

인도 여행에서 타지마할을 보았을 때도 대리석의 아름다운 궁전보다 궁전의 공사에서 죽어간 수백 명의 인부가 먼저 떠올라 즐거움이 흐려졌고, 관광객의 릭샤를 끄는 소년의 까만 맨발을 보았을 때도 관광이 무의미할 만큼 삶이 쓸쓸했다. 우리는 어디서 와서 어디로 가고 있는지를 물으며 길 한쪽에 비껴 앉았을 때 한 떼의 아이들이 우르르 몰려와 때 묻은 손을 내밀었고 황망히 도망쳐 온 내 모습엔 소년의 발뒤꿈치보다 더 까만 때가 묻어 있었으리라.

아무것도 구하지 못하고 아무 힘도 되지 못하는 슬픔이 과연 아름다움일까 자문하는 밤은 고통스럽다. 나보다 약한 자들 앞에서 으스댄 부끄러움과 함께 오래 기억의 매를 맞는 마음이었다. 시인이 무력한 건 그런 경우이다. 산업화와 정보화 사회, 눈부신 과학의 발전에 비껴 서서 초라한 자리에 존재하는 문학을 논할 때도 이토록 암울하지는 않았다. 뻔히 보면서 아무 행위도 하지 못한 무능, 인간의 오만을 확인할 때 숨고 싶었다. 그러나 그뿐, 나는 무엇을 할 수 있을까.

TV에서 자주 후원비를 원하는 광고 자막을 볼 때, 그 불행과 벗어날 길 없는 가난을 볼 때면 누군가에게로 향하는 분노를 참기 어려웠다. ARS 번호를 누를까 말까 갈등하던 한심함과 한두 번의 선행으로 자위하던 못남이 찌꺼기처럼 남아 불편함은 쉬 지워지지 않는다.

그날 본 세인트루이스 시내의 말발굽 소리도 그러한 종류의 부끄러움을 일깨워주었다. 말은 우리가 미시시피 강의 '게이트웨이 아치'를 다 보고 돌아오는 늦은 시간에도 따각따각 노선을 돌고 있었다.

돌아온 숙소에서 내 발뒤꿈치가 가렵더니 이윽고 딱딱해지고 있었다. 마룻바닥을 걸을 때 따각따각 소리가 나기도 했는데 어느덧 말발굽 소리를 내고 있었는데, 지나친 마음이 신체 일부에 전이된 것일까. 인간이 우월한 위치를 점하고도 그 대가를 대상의 고통으로 환원할 때 화가 나고 원망이 생기는 것이다. 그러나 실천 없는 분노는 괜한 공명심에 지나지 않을 수도 있다.

살아 있는 존재는 어떤 방식으로든 피해갈 수 없는 원죄가 있듯이 아무렇지 않게 걷어버리는 거미줄에 갇힌 거미가 있겠고 제 발 아래 깔려 있는 개미를 알지 못할 뿐이라 하자. 위로는 편견에 대항하지 못한다. 불특정한 일을 원망하는 일조차도 비겁한 회피일 뿐이다. 편견 역시 자신 없음의 일부이다.

대상을 사랑하는 지극함에는 마음이 먼저 일고 이후 여타의 행위들이 따를 것이다. 노르웨이의 산골 마을에서 평생을 살며 생명을 아낀 울라브 하우게는 눈

내린 어린 가지가 가여워 「어린 나무의 눈을 털어주다」라는 시를 썼다. 그리고 냉해로 잘 익지 않는 사과를 간추리며

푸른 사과가
없는 사과보다 낫다
이곳은 북위 61도*

와 같은 구절을 남겼다. 이런 시를 기억하며 마음을 챙겨본다.

---

* 울라브 하우게, 「푸른 사과」 부분, 『어린 나무의 눈을 털어주다』(봄날의책)에서.

저녁 6시, 당신은 어느 길 위에

저녁 6시는 객관의 시간에서 주관의 시간으로 돌아가는 때, 공적인 업무에서 해방되는 이 시각을 나는 통칭 저녁 6시라 한다. 겨울이면 벌써 어두워졌을 테고 여름이면 해가 꽤 남아 있겠지만 평균하여 저녁 6시이다. 그 시각이 나는 좋다. 묘하게 허전하고 묘하게 해방감이 있으며 어느 때는 가슴이 조여오기도 하고 또 어느 때는 대상없는 그리움이 몰아치기도 하는데 이 시각이야말로 음악이 필요한 때이다. 더구나 열심히 일한 당신이라면 더욱 그러할 것이다.

우리가 음악을 즐긴다고 하나 음악으로부터 우리를 지켜낸다고 하는 편이 더 적합할지도 모른다. 돌아가는 길에 듣던 음악들, 어느 날은 음악 때문에 더 슬펐는가 하면 음악 때문에 살고 싶기도 했다. 그리고 몇 차례의 불화나 절망도 음악으로 지나갈 수 있었다. 삶이 우리에게 주는 위안은 생각보다 많지 않다는 말은 수정해야겠다. 일상이란 것이 대개 긴장과 고통, 견딤의 연속이고 지루한 반복이라 해도 그 틈새를 흐르는 음악의 힘은 커다란 반전을 준다, 각별한 혜택은 결국 인간이 누리는 기쁨이며 음악이 우리의 전신을 휩싸고 의식의 예민한 감각들을 한 곳으로 데려갈 때는 무의식까지 깨어나 바람을 쐬는 기분이다. 정색하고 음반을 올리거나 선택한 곡을 듣는 것도 좋지만 우연히 길 위에서 걸음을 멈추게 하던 음악도 매우 훌륭했다.

주말이면 길거리 뮤지션을 심심찮게 만나기도 하는데 지난 주말 저녁, 수성못 주변을 걷다가 간이 콘서트장을 지나며 들었던 오카리나 연주는 매력적이었다.〈엘 콘도르 파사〉라는 익숙한 곡조였는데, 때마침 불어오는 저녁 바람과 못물의 일렁임 사이에서 물결 소리처럼 들려온 오카리나는 무더웠던 하루를 말갛게 씻어주었다. 복잡한 산책길을 일순 환하게 만들고 있었다. 우연히 듣는 노래의 아름다움은 예기치 않음으로 그 기분이 배가된다. 육체의 혼곤함이 덧대어진 여행 중에 만난 음악들도 하나같이 절실함을 더하곤 했다. 마드리드의 알람브라궁전에서 정교한 타일을 걷고 있을 때 구슬처럼 굴러 나오던 〈알람브라궁전의 추억〉. 기타 음은 오래도록 영롱했다.

그리고 8시간이나 이어진 튀르키예에서의 육로 여행 중 졸다가 내린 새벽 두시의 휴게소에서 흘러나오던 기막힌 선율, 〈파두〉라고 직감했다. 전율은 오래 지속되었다. 죽을 듯 아리고 허전했고 전신을 잠식하기에 족했던 〈파두〉의 여운 때문에 버스에 오르고 싶은 마음까지 사라졌는데 훗날 나는 그게 환각이었다는 생각까지 했다. 제목을 알지 못한 채 맴돌게 될 음악에 대해서도 경외심이 생겼다. 알지 못한다는 건 얼마나 다행한 일인가. 미지는 미지이므로 영원하다는 역설, 기억 속 튀르키예의 새벽 두시는 그러므로 영원하다.

노르웨이의 그리그 생가를 방문했을 때의 경험도 서늘하게 남아 있다. 비지트 홀에 들어서는 순간 〈솔베이지 송〉이 실내에 가득 퍼져 나는 어쩔 줄을 몰랐다. 이 기막힌 순간을 어디에 두어야 할까. 창밖으로는 남대서양의 물결이 넘실거리고 때마침 해가 지고 있었다. 저녁 6시였던가. 붉은 노을이 죽음처럼 번져 절벽을 비출 때 그 저녁에 들었던 노래는 의식 너머 우리가 표현할 수 없는 다른 슬픔으로 사무치고 있었다. 그리고 지상에서 가장 작고 예쁜 그리그의 집필실을 곡조처럼 한 눈에 새겨 넣었다. 그런데 아름다운 순간에 왜 속죄 의식은 찾아오는가. 지극한 아름다움 안에서는 이미 죄의 사함을 받는다고 믿고 싶다.

체코에서 어렵사리 스메타나 뮤지엄을 찾았을 때, 계단을 오르는 벽면 전체가 통유리로 강에 면하여 몰다우강의 물살이 실내로 마구 흘러들어오는 듯했다. 그리고 〈몰다우강〉이 유유히 흘러나왔다. 베드르지흐 스메타나가 남긴 악보와 악기, 소품들을 둘러보는 동안 음악은 머리끝에서 발끝을 관통하여 다시 몰다우강에 합류하며 고적한 시간을 휩싸고 있었다. 우리에게 이 이상의 아름다운 순간을 만나는 일이 얼마나 더 있을까. 죽어도 좋다는 생각이 강하게 스쳤다.

강렬한 기억들은 평생을 가기도 할 것이다. 우연히 들었던 길 위에서의 여러 음악이 그러했듯 십수 년 전, 불국사 경내에서 있었던 밤의 연주도 잊을 수 없다. 바람이 영혼을 어루만지듯 불어오는 초가을, 불국사 계단 밑 광장에 조명을 두르고 신시사이저 음에 맞추어 대금을 불던 김영동의 연주는 소나무와 달빛과 바람이 이룬 조화였다. 푸르스름한 대금 소리가 흐르던 경내의 시간은 꿈의 공간이었고 그 장면은 천상의 순간인 양 현실과 환상의 경계가 또 한 번 지워지고 있었다.

아름다움은 비례와 조화에서 오고 지극함에는 말이 필요 없다. 저녁 6시, 집이 좀 멀어도 좋겠다. 어디선가 흘러나오는 음악으로 우리가 조금 달라질 수 있다면. 저녁 6시, 내면으로 감당하는 이 감미로운 시간. 나는 오래 길 위에 있고 싶다.

어떤 나무들

흔들리는 나무

바람이 불었다. 며칠을 두고 바람은 불어왔다. 나무들이 제 몸을 다 내어주며 따라가다가 돌아오곤 했다. 절반이 넘도록 허리를 휘거나 꺾으면서도 제자리로 돌아오곤 했다. 여러 날의 낮과 밤이 그렇게 이어지고 있었다. 아무 일 없었다는 듯 돌아온 나무는 이전의 나무가 아닐 것이다. 나는 창밖으로 그 나무의 시간을 '견딤과 돌아옴'으로 읽고 해석했다. 흔들린다는 의미는 수동적 태도로서 시를 쓰는 자세와 닮아 있었다. 바람에 자신을 맡기는 겸손함으로 온종일 흔들리며 휘어지며 허공을 어루만진 일은 나무들만 아는 혼자의 시간이었을 것이다. 어떤 경험 혹은 어떤 고통의 주체는 그 이전과 이후가 다르다. 온전한 건 없을 것이다. 삶이란 어떤 순수를 온전하게 두는 경우가 드물기 때문이다. 달라져 있다는 건 아팠다는 것, 울었다는 것, 참혹했다는 것, 말할 수 없었다는 것을 포함한 자기 수련 이후에나 가능한 것이므로 누구나 스스로 달라졌다 평가하기는 쑥스러운 일이다. 흔들리고 휘어진 후 돌아온 나무는 손가락이 부러지거나 팔이 꺾여 나가거나 여물지 않은 열매들과의 이별을 감수했다. 그리고 고요히 입을 다물었다. 나무가 많은 곳에 살면서, 그들에게 빚지고 살면서, 내가 그들을 읽는 독법은 경외심이다. 나는 모나고 모자람이 많아 그를 바라보고 좋아할 뿐 나무를 위해 내가 하는 일은 없다. 인간보다 의연하고 존중받아야 할 요소들을 바라보며 그저 돌아본다고 할까. 말하자면 날마다 흔들린다는 것, 갈등한다는 것, 미움을 갖고 있다는 것, 치사하다는 것을 그에게 고백하며 다가간다. 그러는 동안 그가 인간보다 우월하다는 믿음을 확인하기도 한다. 그토록 흔들리면서 다시 돌아와 제자리에 선다는 것, 아무 일 없었던 듯 중심으로 돌아가는 일. 고독자라는 일, 나무를 통하자 삶의 여러 요소들이 상징이나 비유를 얻은 듯 고요해질 수 있었다.

사라진 나무

아침 산책길에서 깜짝 놀랐다. 며칠 사이 공원 내 벚나무 고목 하나가 사라졌다. 그제까지도 있던 나무가 밑동치만 남은 채 휑하니 비어 있는 게 아닌가. 짐작은 갔다. 애초에 2차로를 내면서 한 차로의 가운데를 점하고 있는 나무를 살리기 위해 차로가 감수했던 부분이 한계에 이르렀을 것이다. 나무가 차지한 둘레 때문에 교행 시 해당 차로의 차들은 기다리고 밀리며 통행이 지연되었던 것. 나무가 주는 만개한 아름다움과 생명 존중을 우선했던 일이 더 버틸 수 없었다면 나무를 벤 쪽의 심정은 또 오죽했으리라는 것이 나의 짐작이다. 그리고 이틀 뒤 나무 그루터기 주변이 시멘트로 미장이 되어 있었다. 염습의 예처럼 둘레에 금줄을 치고 있었는데 그 또한 안타까웠다. 나는 눈길을 줄 수도 주지 않을 수도 없는 마음으로 애도했다. 인간의 이기를 탓할 수도 없고 나무의 사라짐에 담담할 수도 없어 산책 시간이 불편한 마음이었다. 그리고 다시 이틀 뒤 금줄이 치워졌다. 지금은 시멘트 부분이 도드라져 기억이 새롭지만 시간이 갈수록 그 부분도 도로와 같이 착색되어 아무 일도 없었던 듯 일상에 편입될 것이다. 그는 가고 기억만 남았다. 안타깝지만 사라지는 일이 삶의 다른 면이라고 의연하려 했다. 어쩌면 나무가 스스로 자청한 일이 아니었을까, 하는 생각도 들었는데 불가피한 일이었으므로 나는 내 방식으로 그 의미를 정리하고 싶었다. 사라진다고 없어지는 게 아니라 기억에 있다는 믿음 말이다. 사라진 나무는 사라진 게 아니다. 나무는 그를 사랑하는 다른 방식으로 오래 존재할 것이며 함께 갈 것이다. 그런데 왜 자꾸 시멘트로 봉한 부분이 꿈틀거리는 것처럼 느껴질까. 미장한 부분을 뚫고 나무의 순이 솟아오를 것 같은 마음은 왜일까. 오늘 그 주변 가느다란 뿌리 하나가 꼭 새순처럼 뾰족하게 올라와 있는 걸 보긴 보았다.

돌아온 나무

지난여름 폭우와 강풍이 있었다. 거실 창문이 여러 차례 휘고 옥상에서는 밤새 뭔가가 덜컹거렸다. 바람에 폭우가 덧댄 밤은 무서웠다. 창이란 창을 꼭꼭 잠그고 나서도 마음에 이는 바람을 잠글 수는 없었다. 그 밤이 지나고 이튿날 아침은 배반이듯 화창하고 맑았다. 언제 누가 다녀갔는지 모를 환각 같았다. 공원 안에 집을 짓고 살면서 자연스레 나무들의 정서에 자주 개입되곤 한다. 〈흔들리는 나무〉에 이어 〈사라진 나무〉, 그리고 〈돌아온 나무〉 시리즈인 셈이다. 산책길에 또 한 번 놀랐다. 눈을 다시 뜨고 보았다. 보호수로 지정된 350여 년 된 느티나무가 희생된 것이다. 지금껏 이 산책로의 좌장이며 버팀목이었던 나무가 하룻밤 사이 허리가 부러졌다. 공원관리소 직원들이 부러진 상체를 고이 안아 맞은편 갓길에 눕혀놓고 금줄을 쳐두었다. 그리고 부러지고 남은 몸체 둘레에도 금줄을 치고 천막을 세워 나무에 그늘을 드리우고 있었다. 차마 다가가기 두려웠으나 주춤주춤 다가가 들여다보니 몸통의 내부가 텅 비어 있었다. 저 몸으로 이때껏 버텨온 거로구나, 생각하니 생명이 덧없고 아파왔다. 관리소 직원들은 마지막까지 최선을 다해 작별 의식을 했고 행정가답게 그 사실을 알리고 있었다. 말하자면 밑둥치만 남은 나무는 명찰을 바꿔 단 셈이다. 이 나무는 350여 년의 수명을 다하고 지난 폭우로 희생되었으며 이제 보호수의 자격을 거둔다는 내용이었다. 서운하고 안타까워 한동안 그 아래를 비껴서 다른 길로 다니다가 시를 한 편 썼다. 시인의 방식은 겨우 이러하다. 시가 하는 일은 다시 사는 일이라 믿으며 전문을 옮겨본다.

돌아온 나무

누워서 나무는 아득히 더 깊어졌다

할 말은 350년 동안 다 했다는 듯

누운 채 허공을 더 솟아오르게 하고는
그의 방식으로 돌아갔다

한때,
내게도 너라는 것이 있었을 때
부르면 올 너라는 것이 있었을 때

위를 향한 위태로운 일이었는데

나무가 누운 일은
허공을 허공에게 돌려주는 예식이었다

그림자도 남아 있지 않으니 이젠 꿈나라를 보여주겠니

한 사람,

언젠가 이곳에 있었던 사람도 빌린 허공이었단 말

진심도 오래 거머쥐고 있으면 낡아져서

손금이 다 아프다

울음 같은 시간이 울음만 준 건 아니었으나

품는 게 다 품이 되어준다면

돌려주어야 할 게 있지 않을까

잊고 있던 일, 누워서 더듬어 안 일

모든 서러운 때에도

우리에겐

위가 아니라 옆이 있었다는 걸

폐허에는 폐허만 있을까

폐허 가운데에 폐허만 있을까. 폐허를 폐허로만 보는 사람의 눈은 그 이상을 찾을 수 없겠지만 폐허라는 극한에서도 꽃을 피우는 사람이 있고 꽃으로 피는 사람도 있다. 몇 해 전 그리스 레스보스섬의 난민캠프를 찾은 프란치스코 교황은 난민에 대한 세계의 인도주의적 해결책을 제시하면서 '난민은 숫자가 아니라 사람'이라는 의미 있는 말을 했다. 이와 관련하여 지난달 인터넷에서 접한 폐허 속에서 핀 한 송이 꽃 같은 소식을 전할까 한다. 시리아 내전으로 인한 난민 사이에 핀 이야기이다.

시리아 내전으로 난민이 된 사람 가운데 여성 피아니스트 알크잠이 있었다. 자신보다 1년 6개월 먼저 독일로 간 남편을 따라 유럽 이주를 원하고 있지만 그녀는 그리스 국경에서 발이 묶인 상태였다. 내일을 기약

할 수 없는 시간이며 피아노는 상상조차 할 수 없는 그녀가 그리스 국경의 난민 캠프에서 비가 내리는 가운데 특별한 연주를 했다. 이 연주는 캠프를 방문한 중국의 반체제 예술가 아이웨이웨이의 도움으로 열렸는데 아이웨이웨이는 알크잠을 위해 진흙으로 질척이는 폐허가 된 잔디밭에 새하얀 한 대의 피아노를 설치했다.

3년 만에 피아노 앞에 앉은 그녀의 손은 떨렸으리라. 감격하여 떨렸고 그리워서 떨렸으며 절박한 삶의 순간 앞에 떨렸으리라. 알크잠이 피아노를 치는 동안 난민 어린이들이 주변에서 그 모습을 지켜보았고 연주 도중 비가 내리자 사람들은 알크잠이 피아노를 연주할 수 있도록 머리 위로 커다란 비닐 천막을 들고 비를 가려주었다. 폐허에 놓인 하얀 피아노와 피아노에서 울려 퍼진 아름다운 멜로디는 어디까지 닿았을까.

그날의 피아노 음은 천상의 소리이면서 절규의 메시지였을 것이다. 그리고 폐허가 피워낸 꽃이며 폐허가 일궈낸 아름다움에 다름 아닐 것이다. 외신으로 전한 짧은 소식과 폐허가 된 국경에서 피아노를 연주하고 있는 사진은 어떤 구호와 정책보다도 빛났다. 어떠한 고통도 예술가를 굴복하게 하지 못하고 어떠한 고난도 예술을 능가하는 것은 없다고 믿는다. 그리고 그 작업을 주선한 아이웨이웨이의 정신이 그 위에 있다.

이보다 앞서 2015년 9월, CNN은 피아노를 연주하는 것이 죄가 되는 나라에서 피아노를 연주하는 아흐메드라는 젊은이를 소개한 적이 있다. 5년째 계속되는 시리아내전으로 폐허가 된 도시, 연기가 자욱한 거리 한복판에서 아흐메드는 피아노를 내놓고 연주했다. 복면한 극단주의 무장세력 IS들이 총구를 겨누며 아흐메드를 협박하다가 굴하지 않자 드디어 석유를 붓고 피아노를 태워버렸다. 공포에 떨면서 아흐메드는 소리쳤다. "피아노가 무슨 죄입니까?"

그는 인간의 영혼을 짓밟는 세력에 저항하기 위해 폐허가 된 시리아 거리를 피아노 선율로 채우고 싶었던 것이다. 피아노를 잃은 그에게 한 친구가 전자 키보드를 주었고 그는 무장 세력의 폭력에도 아랑곳 않고 폐차된 자동차 보닛 위에 올라가 아이들에게 교습도 해주고 자신 또한 키보드를 누르고 있다. 그나마 1시간이 지나면 전기가 부족해 정전이 되는 현실에서 전기 공급을 위해 하루 네 시간 자전거 페달을 밟으면서 말이다. 절망의 순간에도 꽃은 핀다.

예술에 정신이 있고 인간에게 영혼이 있다면 알크잠과 아흐메드, 그리고 아이웨이웨이의 행위들이 그러하겠다. 극한을 경험한 사람은 강인해지는 법이다. 또한 절벽에서 피는 꽃은 절벽을 두려워하지 않는다. 오히려 포기를 두려워할 것이다. 모든 가능성이 열려 있는 자유로운 곳에서 게으름과 불만으로 소일하고 있는 자신을 매우 부끄럽게 한 소식이었다. 난민은 숫자가 아니라 인격이어야 한다.

아름다운 등

지진이 휩쓸고 간 폐허에 한 남자가 구부리고 앉아 있었다. 부서진 도로와 건물, 산산조각 난 쓰레기 더미에 망연히 구부리고 앉은 그의 등으로 남은 여름 햇빛이 미끄러지고 있었다. 백수십 명의 사망자를 낸 이탈리아 중부를 뒤덮은 강진의 참혹한 모습이었다. 조금 전까지 놀던 아이가, 어제 만나고 돌아간 연인이, 오랜만에 휴가를 떠난 동료가 사라졌다. 그 참담한 죽음과 이별의 현장에 도착해 그는 일어설 수가 없었을 것이다. 삶이 이토록 무의미한 것이었고 우리가 그토록 무능한 인간이었다면 사랑한다 한 말은 무슨 의미가 있었을까. 누군가를 대신하여 아플 수도, 죽을 수도 없는 이것이 사랑인지 그는 혼란스러워 하고 있는지도 모른다. 그토록 끔찍하다던 폭염은 아무것도 아니었다.

이제 인류의 재난은 지진과 테러, 전염병과 핵전쟁

으로 모아지고 있다. 지성과 규범으로는 제어할 수 없는 현실에 직면해 있다. 이미 여러 차례의 자연재해와 무차별 폭력을 경험한 터이지만 매번 그 정도는 수치를 갱신하고 있다. 인간이 얼마나 무력한지를 깨닫는 일 정도로는 어떤 문제도 해결할 수 없는 한계에 왔다는 느낌이다. 폐허에 웅크리고 있던 남자의 등이 오래 마음에서 떠나지 않았다. 인간이 자신의 등을 보여주는 일은 순수한 겸손의 표현이기도 하지만 전신으로 자기의 무력함을 자책하는 것이기도 하다. 구부린 그의 등은 소중한 사람을 잃어버린 슬픔에 대한 속수무책의 자기 학대일 것이다.

어미 누가 표범으로부터 새끼를 구할 때 결사적으로 자신의 등을 내어놓는다. 고대 미라에서도 보이듯이 대부분의 어미는 아기를 가슴에 안고 최대한 등을 구부려 자식의 생존을 확보한다. 자동차 밑에 깔린 가족을 위할 때도 등을 사용한다. 등은 쓸쓸한 뒷모습이기도 하지만 타인을 위한 숭고한 표현이기도 하다. 그때 등은 슬프고 아름다운 언어가 된다. 이탈리아 지진에서도 아름다운 등이 있었다. 일가족이 지진에 희생된 가운데 어린 두 자매가 지진의 잔해 아래 깔려 있었다.

발견되었을 당시, 자매 중 9살짜리 언니는 4살 난 동생을 안고 있는 모습이었다. 언니는 동생을 지키기 위해 죽는 순간까지 등을 구부린 채 본능적으로 동생을 보호하고 있었다. 지옥 같은 순간에도 사랑이 존재했다고 믿는 일은 역시 인간의 일이다. 언니의 보호 덕분에 4살짜리 동생은 기적적으로 살아났으나 언니는 안타깝게도 숨져 있었다. 잔혹한 지진의 여파도 향기로운 아이의 등을 외면하진 못했나 보다. 9살 어린 줄리아가 최선을 다해 구부리고 견뎠을 시간을 생각하면 인간의 본질은 숭고하다. 공교롭게도 언니의 장례식이 있던 날이 4살짜리 동생의 생일이었다니 생은 늘 그렇게 드라마틱해서 우리를 또 울게 한다.

자연재해나 인간의 폭력에 대항할 수 있는 것은 더 강한 화학무기나 핵폭탄이 아니라 인간에 내재한 사랑이라 말해야 하는 심정은 참담하다. 다시 말하면 수많은 재난과 인간의 잔학성을 보면서도 결국 사랑을 말해야 하는 일이 매우 아이러니하다는 뜻이다. 등은 선량하다. 최후의 보루인 등을 내어주는 선행은 어떤 경우를 떠나서도 숭고하다. 등 예찬론자가 되겠는데 인간의 앞모습보다 뒷모습이 아름다운 이유도 같은 맥락이다.

지난 리우 올림픽에서도 아름다운 등이 있었다. 5000m 여자 육상경기 예선에서 결승점 2000m를 앞둔 치열한 선두 다툼 순간에 뉴질랜드 선수 햄블린의 스텝이 꼬여 넘어지고, 그 바람에 뒤에서 달리던 미국 선수 다고스티노도 발이 걸려 넘어진다. 그런데 걸려 넘어진 다고스티노가 먼저 일어나 손을 내밀어 햄블린을 일으켜준다. 그리고 발목을 더 다친 다고스티노가 절룩이자 이번엔 햄블린이 부축해 이끌어준다. 순위에 상관없이 어깨를 걸고 다친 다리를 끌며 그들이 가까스로 결승 지점으로 들어올 때의 장면은 숭고하고 아름다웠다. 다고스티노가 말했다. "내 행동은 레이스에서 거둘 수 있는 기록보다 더 바람직했다. 그리고 그 행동은 순간 본능적으로 이루어졌다. 신이 내 마음을 그렇게 이끌었다"라고. 두 사람이 서로에게 내어준 손은 등에 다름 아니다. 게다가 겸손함까지 엿보인 아름다움은 오래 기억될 것이다. 어떤 논리를 초월하는 지점에 인간의 등이 있다.

사랑이라면, 불안이여 괜찮다

페르난두 페소아라는 작가의 이름은 그의 고국 포르투갈과 두운이 잘 어울렸다. 『불안의 책』에 매혹된 이유는 제목 때문이었는데, 불안은 과거에도 그러했고 미래에도 좀체 떨쳐버릴 수 없는 한 몸일 것 같아서다. 리스본을 사랑하고 그곳에서 살았던 주인공 소아르스처럼 책을 읽는 동안 리스본의 도라도레스 거리를 걸었고 커피를 마셨으며 나른한 햇볕 속에 있기도 했는데 물론 회계사무원인 그와 함께할 때도 있었고 혼자일 때도 있었다. 어떤 장소나 그 장소만의 특유한 감정이 있다. 도라도레스 거리는 음울했고 가벼웠으며 자주 비가 내렸는데 나뭇잎 흔드는 바람 있는 저녁이 특히 좋았다.

십오 년 전, 나는 리스본행 특급열차를 탄 적이 있다. 스페인을 거쳐 포르투갈로 들어가는 길이었는데

'리스본행 특급열차'라는 말에 마음이 먼저 흥분하고 있었다. 영화의 한 장면처럼 열차의 침대칸에서 맞닥뜨리게 될 미지의 장면들과 함께 그 열차가 관통하게 될 서방의 새벽을 어떻게 서술해야 할지 설레었던 것이다. '리스본'이라는 이름이 감미롭고도 아련하게 머물고 있는 동안 열차는 달리고 있었고 새벽을 지켜보는 내면에는 어떤 푸른 기운이 기득했으나 고요했다. 마찬가지로 꽤 두꺼운 『불안의 책』을 읽은 후에도 서늘하고 젖은 기운이 감지되었지만 아늑하고 평온했다. 그것이 포르투갈 혹은 리스본의 색조였을까. "비 내리는 풍경에서는 추위와 슬픔, 어떤 길을 선택해도 희망이 없다는 느낌, 그리고 지금까지 꿈꿨던 모든 이상理想의 냄새가 난다."

책의 어디에서도 불안을 명확히 가르쳐주지는 않았다. 불안은 안개처럼 잡을 수도 보관할 수도 없는 그저 부윰한 심리인 것을. 종이를 설명하기 위해 종이 아닌 물과 공기와 햇볕과 나무를 이야기했듯이, 사랑을 말하기 위해 사랑 아닌 불안과 질투와 의심을 말해야 하는 것과 같지 않을까. 작가 스스로 밝히듯 자서전에 가까운 이 책은 스토리가 없는 대신 인간의 슬픔을 말했고 권태를 말했으며 기타 무수한 형태로 삶과 의식의 편린을 다양하게 서술하고 있었다. "인간이 완전해질 수 없음을 믿지 못하니 얼마나 큰 비극인가! 그리고 그것을 믿는다면 얼마나 큰 비극인가!" 모든 살아 있는 것은 모순을 포함하기 마련이고 갈등하는 삶은 이미 불안을 내포한다 하겠다. 그리하여 불안은 떨쳐버리는 게 아니라 함께하는 것.

작가는 평생 수십 개의 이명異名을 사용했다. 1에서 481까지 번호로 나타나는 이 책의 전개는 그가 이명으로 사용했던 수많은 분신처럼 자신 안에 존재하는 분열된 자아들의 중얼거림이거나 독백일 것이다. 따라서 이 책은 꼭 순서나 페이지를 따라갈 필요가 없어 보인다. 그의 고통은 그의 의식을 지배했던 세상의 부조리함과 불가항력, 그리고 삶의 불완전과 권태이며, 따라서 이 책은 예민한 감각과 지성으로 짚어나가는 불안의 간접 코드가 될 것이다. 그 불안 역시 백색소음처럼 익숙해지고야 마는 우리 삶의 한 형식이 되겠지만.

그의 이성은 고독하고 지성은 패배자의 그것처럼 고통스럽다. "내가 다른 이들과 어울리지 못한다고 마음 깊이 절실히 느끼는 이유는, 대부분의 사람들이 느낌을 가지고 생각하는 반면 나는 생각을 가지고 느끼기 때문인 것 같다." 혼자이기를 갈망하고 혼자이기를 자처했던 소아르스의 페르소나는 작가 페소아의 진실과 상통한다. 그리고 어떤 이념이나 사람, 어떤 상황에도 종속되지 않으려 했던 그의 고독은 마침내 자유롭고도 초월한 이성의 중심을 관통하는 것으로 나타난다.

그의 명징한 사유는 "다른 사람을 지배할 필요가 있다면 다른 사람이 필요하다는 뜻이다. 지배하는 자는 의존하는 자다"와 같이 단독자로서의 결심을 보여주며 "우리의 어떤 것이 비록 나쁠지라도 지속될 거라는 환상을 갖기 위해 적어도 새로운 비관주의과 새로운 부정을 만들어낼 것!"이라 하여 더 냉철해진다. 인간의 자의식과 인식에의 다양한 서술들을 따라가다 보면 어느 대목에서 우리는 우리의 불안을 대입하거나 슬그머니 동승하게 된다. 더 잘 살기 위한 것이 아니라 잘못 살지 않기 위한 성찰의 서술이다. 그 사이사이에서 고요히 당신의 고통이 위로될 것이다.

여러 얼굴을 지닌 불안의 정의들도 개인의 슬프고 아픈 내면의 감각일 터인데, 결국 불안은 부조리한 삶의 이면이며 사랑의 숨은 의미소일 것이다. "만일 우리가 모나리자의 초상화를 볼 수 없다면 그것은 훨씬 더 아름다운 작품이 되지 않을까?"라는 의미도 역설이자 이면 너머의 확장된 사고이다. 그걸 안다 해도 우리 세속의 삶은 모나리자를 보고야 말 것이며 어찌되건 사랑도 하고야 말기 때문이다. 불화하고 불편했던 인간의 불가피한 선택이 불안이었다면 그것을 수렴하는 것은 결국 사랑이어야 하지 않을까.

"방파제에서 두 척의 배가 서로 엇갈려 지나갈 때 배가 지나간 흔적에서 알 수 없는 그리움을 느끼듯이 너희를 사랑한다."

"대부분의 사람들은 타인들"이라 할 때나 "한 영혼이 다른 영혼을 이해하려고 아무리 애를 써본들 그는 고작 타인이 말한 단어 하나를 이해할 뿐"인 것도 우리가 영원히 타인을 소유할 수 없다는 아픔에서 비롯된 것이며, 마찬가지로 "매력적인 육체를 소유했을 때 우리가 품에 안은 것은 아름다움이 아니라 살과 지방 덩어리"와 같다는 극명한 인식 역시 사랑에의 객관적이고 냉철한 접근인 것이다.

이 책의 서두에서 보듯 "아무것도 말하지 않는다면 그것은 할말이 아무것도 없기 때문이"며 그 말은, 떠

나는 사람은 떠난다 말하지 않으며 정말 아픈 사람은 아프다 말 못하는 것과 상응할 것이다. 어쩌면 이 책은 말을 안으로 숨긴, 말할 수 없지만 말해야 했던, 결국 말이 되지 않은 말들의 기록인 셈이다. 그리고 지리멸렬하지만 세상은 다시 사랑으로 수렴되고 우리의 삶은 계속될 것이다.

"우리가 했던 모든 일이 사랑이라면 죽어도 괜찮다."

정말 괜찮다. 페소아, 당신의 이름으로 패러디를 해볼까? 우리가 했던 모든 불안이 사랑이라면 더 오래 불안해도 괜찮다, 괜찮다, 정말 괜찮다고.

아직도 끝나지 않은 숙제들

어떻게 해석해도 이 세상에 즐거운 숙제는 없다. 숙제는 우리에게 공식적으로 주어진 가장 첫 임무가 아니었을까. 키아로스타미의 영화 〈내 친구의 집은 어디인가〉는 피해갈 수 있지만 결코 자신의 마음을 저버리지 않고 믿음을 실천했던 어느 동심의 기록이다. 숙제라는 명제를 통해 자신보다 타인을 배려한 한 어린이, 아마드의 안타까운 시간을 동행하면서 미안해서 고개를 떨군 사람도 있으리라.

이란의 북부 작은 마을, 코케의 한 초등학교 교실에서 떠들고 있던 아이들은 첫 시간, 선생님이 들어서는 순간 두려움에 휩싸인다. 선생님은 늘 숙제 검사부터 하고 숙제를 하지 않은 아이는 선생님으로부터 호된 질타를 받기 때문이다. 선생님이라는 법 아래 순종할 수밖에 없는 순박한 아이들의 겁먹은 눈빛은 어린 짐승의 그것처럼 유순하고 무력하다.

전날, 사촌의 집에 들렀다가 공책을 두고 오는 바람에 숙제대신 종이쪽지를 내민 네마자데가 꾸중을 들었다. 숙제는 공책에 해야 하는 것이다, 숙제를 하기는 한 것이냐, 사촌은 누구냐고 추궁하다가 마침 한 반인 사촌에게 빈 공책을 전해 받았으나 선생님의 질타는 집요하게 계속되었다. 네마자데는 결국 울음을 터트렸고 소매로 눈물을 문지르는 네마자데를 짝꿍인 아마드가 애처롭게 쳐다보고 있었다.

집에 돌아가면 가장 먼저 숙제부터 해라. 심부름이나 노는 일도 숙제를 한 다음에 해라. 그리고 숙제를 공책에 해야 하는 이유는 첫째, 그건 원칙이기 때문이고 둘째, 지난 달 숙제와 비교할 수 있기 때문이라고 선생님은 거듭 주지하고 또 했다. 그 말씀은 일견 타당하나 무엇보다 아이들이 숙제에 전념할 만한 환경이 조성되지 않았고 가정은 아이들에 대한 배려와 애정이 없었다. 자잘한 집안일들은 아이들의 몫이었고 무엇보다 아이가 간절히 하고 싶은 말을 귀담아 들어주는 어른이 없다는 것이다.

집에 돌아와 숙제를 하려던 아마드는 자신의 가방

안에 똑같이 생긴 네마자데의 공책이 딸려온 걸 발견하고 순간 난감해졌다. 아침에 선생님께 꾸중을 듣던 네마자데를 떠올렸기 때문이었다. 숙제부터 하라던 자신의 어머니도 빨래를 걷어 와라, 젖병에 더운 물을 가져와라, 아기가 우니 흔들어줘라, 아버지 오시기 전에 빵을 사와라, 쉴 사이 없이 아마드를 불러댄다. '친구에게 공책을 가져다 줘야 해요' 라는 아마드의 말은 아무도 듣지 않고 어른들은 끝없이 어른 자신들의 말만 한다. 미개한 시대일수록 아이들은 외롭다. 어른들은 자신의 불충족한 욕망을 터트릴 곳이 아이들 외에 달리 없었던 것일까.

돌이켜보면 어느 시대에도 어른들은 아이에게 친절하지 않았다. 강요하고 지시하기를 좋아했다. 친절할 때는 자신의 마음이 그러고 싶어서였을 뿐이다. 아마드는 드디어 네마자데의 공책을 가져다주기 위해 집을 나선다. 네마자데를 다시 울게 할 수는 없었던 것이다. 코케 마을에서 산 하나를 넘어 네마자데가 사는 포쉬테로 가는 먼 길은 영화 속에서 제시한 가장 아름답고도 가혹한 길이다. 지그재그로 난 긴 산길을 따라 가는 여덟 살짜리 아마드의 걸음, 그 안타까운 길의 제시는 안일함에 찌들고 애정 없이 원칙에만 갇힌 어른들을 동행케 하여 성찰의 시간을 꽤한 거라고 보인다.

키아로스타미의 많은 영화가 그렇듯이 그는 서두르지 않는다. 할리우드의 영화가 속도를 자랑한지 수십 년, 모든 영상 테크닉이 발전과 변화를 거듭할 때도 그는 늘 천천히 일상과 같은 속도로 화면을 따라간다. 과장하거나 구걸하지도 않는다. 그저 사람의 일에 최대한의 진정성을 표한다. 그의 영화의 롱 테이크 기법은 어쩌면 스피드에 젖어 인간 본성을 잊은 현대인에게 쉼표를 주는 되돌아봄과 깨달음으로의 권유였을 것이다.

네마자데를 찾아 나설 때 동네 어귀에 앉아 있던 할아버지는 바쁜 아마드를 불러 세워 아이와 상관없는 질문만 해댄다. 어서 가서 '네마자데에게 공책을 돌려줘야 해요' 라는 아마드의 말을 그 역시 듣지 않는다. 그러잖아도 갈 길이 바쁜데 담배를 가져오라 심부름까지 시킨다. 옆의 다른 할아버지가 담배를 가지고 있으면서 왜 심부름을 시키느냐고 묻자 교육을 위해서라고 말하는 할아버지. 사회에 쓸모 있는 사람을 만들기 위해 심부름을 시켜야 하며, 아이는 아버지에게 순종하고 규율을 지켜야 한다고, 잘못한 일이 없을 때에도 2주일

마다 때릴 구실을 찾아내서 때려야 한다는 할아버지의 대사는 어른들의 권위와 허위가 얼마나 심각한지를 잘 보여주고 있다.

포쉬테라는 지명만 가지고 먼 길 네마자드를 찾아가는 아마드의 우정 어린 선택, 어떻게든 공책을 전해주어야 한다는 의지는 어린 아이로서 비껴갈 수 없는 양심을 실행하는 것이다. 아이에게는 아이의 법이 있다. 그리고 그것은 때로 어른을 능가해 우리를 놀라게 하며 스스로 되돌아보게도 한다. 그 선택은 아마 '하지 않으면 안 되는 일'에 대한 아이 나름의 신념이며 정의였을 것이다. 영화는 아이를 통해 어른들의 말뿐인 지리멸렬한 허구를 꼬집고 반성하게 한다. 또한 생각해 보자. 이즈음의 교실에서 남의 노트를 가져다주기 위해 방과 후의 시간을 몽땅 써버릴 수 있는 아이가 과연 있기나 할까?

친구의 집은 쉬 찾아지지 않는다. 누군가 가르쳐준 대로 대장간 아래 양들이 많은 헛간이거나 옆에 죽은 나무가 한 그루 있는 집을 찾기란 강변의 모래알처럼 힘든 일이다. 좁은 길을 돌아 가파른 계단을 겨우 올라가 네마자드를 아느냐 물으면 여기 그런 이름을 가진 아이가 많다는 대답만 돌아오고, 누구도 아마드의 입장에서 생각하고 말하는 사람은 없다. 그러나 아마드는 한 번도 감정을 드러내지 않는다. 어렵다고 포기하지도 않는다. 선량한 사람은 세상을 자신과 같이 생각하므로 세계 내에서 늘 외로움 쪽에 있다는 말은 맞다. 아마드가 간 길은 외로움의 길이었고 외로움을 능가한 길이었다.

날은 점점 어두워오고 아마드는 끝내 친구인 네마자데를 찾지 못한다. 길은 구불거리며 놓여 있었고 계단들은 가팔랐다. 설정된 '길'이 은유하는 생이란 대단위의 장막에 비유된다 하겠다. 블라디미르와 아스트라공이 만나지 못한 영원의 고도처럼 우리가 찾고자 하는 것은 결국 현실에선 이루어지지 않는다는 것을 말하고 있는 중이다. 그것은 결국 다른 형태로 나타나 우리를 위로할 뿐, 길이라는 테마는 서로 통하게 하는 동시에 영원히 나아가야 할 형벌의 메타포를 동시에 함유하는 것으로 보인다.

그것은 또한 살아 있는 자가 치러야 할 숙제일 것이며 삶이 진행되는 동안 우리들의 숙제는 끝나지 않을 것이다. 공책을 옆구리에 끼고 아마드가 지나간 험하고 느린 길을 눈으로 좇던 관객은 알았으리라. 저 길은 저마다 자신이 헤매고 다닌, 혹은 헤매고 다닐 생의 비유란 것을. 다른 점이 있다면 아마드가 간 길이 순수하고 동심어린 눈부신 길이었다면 어른이 가는 길은 탐욕과 이기로 얼룩진 길일 것이다. 더구나 속도와 결과론의 시대, 혹자는 아마드가 간 그 길을 어리석다하지 않을까.

종일 지치도록 헤매고 다닌 아마드가 하는 수 없이 집에 왔을 땐 이미 밤이 깊어 있었고 흐린 불빛 아래서 아마드는 두 권의 공책을 펼치고 자신의 숙제와 함께 친구의 숙제를 대신하기 시작한다. 수고는 꼭 보답으로 돌아오는 게 아닐지도 모른다. 아무도 전날 아마드에게 무슨 일이 일어났는지 알지 못하듯 수고 한 자 역시 무엇을 바라고 하지 않는다. 자신의 신념을 믿고 싶을 뿐인 것이다. 다음 날 아침, 교실에서 근심 가득 고개를 떨구고 있는 네마자데 앞에 아마드가 자신이 대신 숙제한 공책을 가만히 놓아주는 일, 그 장면이야말로 아마드가 모든 걱정과 염려에서 해방되는 순간이며 절정이자 결말인 대단위의 포인트일 것이다.

그 공책 안에는 지난밤 헤매고 다닐 때 주웠던 꽃

잎 하나가 별처럼 살아 있었다. 아마드의 진심이 한 송이 꽃으로 피어난 듯 그 엔딩 디테일이 서럽고도 곱다.

불편한 진실, 진실한 허구

살아가는 일 중에서 가장 기본적인 일은 먹고 자고 사랑하고 배설하는 일이지요. 어느 날 누군가가 그런 기본적인 행위들을 훔쳐보고 있다면 어떨까요. 참으로 슬픈 일은 그것을 아는 순간에도 우리는 먹고 자고 사랑하고 배설하는 일을 멈출 수 없다는 점입니다. 모른다고 하더라도 비참하기는 마찬가지겠지요. 그것이 삶의 한계이며 그 한계를 인식하는 일이 바로 고통인 것을요. 지금 누군가가 당신을 도청하고 있을 수도 있습니다. 아니면 지금 당신이 자신도 모르는 사이 누군가를 감시하고 있는지도 모릅니다.

누군가가 나를,

누군가 이데올로기는 맹목이라고 말했지요. 이데올로기가 맹목이라면 맹목을 다스리는 힘은 무엇일까요. 도너스마르크의 영화 〈타인의 삶〉은 그것에 대한 해답을 친절하게 그리고 천천히 제시합니다. 이 영화는 1984년 독일 통일 직전, 동·서독의 긴장이 고조되던 때, 동베를린의 국가안보국 소속의 한 감시요원과 그의 감시를 받던 시인이자 극작가인 드라이만과 드라이만의 애인인 연극배우 크리스타 마리아에 대한 이야기입니다. 비밀경찰 비즐러는 '국가의 보안과 안녕'을 위하여 국민의 일거수일투족을 감시하고 도청하는 냉혈인이죠. 그는 자유로운 사상을 가진 동독 최고의 작가 드라이만과 아름다운 배우 크리스타를 감시하는 중대 임무를 맡게 됩니다.

어디나 권력의 힘을 내두르는 파렴치한은 있기 마련이죠. 시인이나 극작가가 권력을 우습게 보기 때문에 권력은 그들에게 더 가혹합니다. 기름기 번질거리는 문화부 장관이 드라이만의 안위를 미끼로 크리스타를 유인하는 장면이나, 자동차 안에서의 섹스신은 진부합니다만, 영원히 끝날 것 같지 않은 이런 진부한 것들이 등장하여 우리의 호기심을 자극하는 것은 이미 우리들 삶 자체가 진부하기 때문은 아닐까요. 그러나 어찌합니까. 그것이 또한 삶의 리얼리티인 것을요.

그러나 시간이 지나면서 비즐러는 점점 드라이만과 크리스타의 인간적인 삶에 마음이 기울게 됩니다. 그리고 이제껏 느껴보지 못한 세상으로 한 걸음씩 걸어 들어옵니다. 영화가 시작될 때부터 끝날 때까지 시종일관 한 번도 웃지 않는 비즐러의 눈빛 연기는 압권인데요, 그의 심리에 변화가 생길 때면 어김없이 카메라는 그 눈빛을 롱 테이크하는 것으로 설명을 대신합니다. 어느 날 비즐러는 드라이만의 집에 몰래 들어가 노란색 표지로 된 브레히트의 시집을 가져와서 읽게 됩니다.

> 9월 파란색 달이 뜬 바로 그날 어린 자두나무 아래서 고요히
> 난 그곳에서 창백한 내 사랑, 그녀를 품안에 안았다
> 좋은 꿈에서처럼
> 우리들 위에는 아름다운 여름 하늘이 펼쳐져 있었고
> 한 무리의 구름을 보았을 때……
> 그 구름 무리는 매우 희었고 무척이나 높이 있었다
> 그리고 구름에서 눈을 떼었을 때, 그곳엔 아무도 없었다*

---

* 베르톨트 브레히트, 「마리 A.의 기억」 부분.

비밀경찰인 감시요원이 시집을 읽는다는 발상이 어떤 변화를 예고하겠지요. 사람을 움직이는 건 이렇게 뻔한 현실 가운데 있는 사소한 것이기도 합니다. 비즐러가 시를 읽고 있을 때 그의 심경의 변화를 그리기 위해 카메라는 얼굴 위로 부드러운 햇살을 일렁이게 하지요. 그러나 작은 변화마저도 햄프 장관과 그루비츠 대령의 날카로운 감시 때문에 자유롭지 않습니다. 삶은 혹독합니다. 그리고 영화는 혹독한 삶을 더욱 리얼하게 보여줍니다. 절박함이 우리에게 선사하는 게 있다면 삶의 밑바닥을 치면서 극한을 보는 눈을 주는 일이겠지요. 한 치 앞을 디딜 수 없는 상황들 속에서도 인간은 변화할 수 있는 존재라는 걸 비즐러를 통해 보여준 이 영화에 간주를 매기겠습니다.

누군가라면,

그러는 사이, 드라이만은 존경하던 선배 극작가 예르스카의 자살 소식을 듣게 됩니다. 체제의 한계 속에서 자살한 예술가들, 그들은 억압과 함께 열정이 없는 삶을 참지 못하고 떠나갑니다. 드라이만은 평소 자살만이 최선이며 죽음만이 그들에게 유일한 희망이라던 선배의 절망을 기억하게 됩니다. 슬픔에 겨운 드라이만이 선배가 생일선물로 준 악보, 〈좋은 사람들의 소나타〉를 펴놓고 한동안 피아노를 치다가 크리스타에게 건네는 한마디 말을 비즐러가 도청하게 됩니다.

> 이 음악을 들었던 누군가라면,
>
> 진정으로 들었던 누군가라면,
>
> 더 이상 나쁜 사람으로 머물 수 있을까

피아노 소리를 듣던 감시요원 비즐러가 한 줄기 눈물을 흘리는 모습을 카메라는 놓치지 않습니다. 피아노 곡과 그의 갈등하는 눈빛 사이에 고도의 수사가 숨어 있습니다. 비즐러가 앉아 있는 마룻바닥엔 도청장소인 아래층과 똑같은 평면도가 그려져 있습니다. 도청하던 비즐러의 상체가 아래층을 향해 45도 기울어져 있던 모습은 이 장면의 탁월한 디테일입니다. 그것은 그의 사상이 기울어지고 있다는 걸 의미하는 최상의 은유이지요. 이런 경우, 행위는 언어 이상입니다. 맹목을 다스리는 힘, 이데올로기를 움직이는 힘은 사실 시 한 구절 노래 한 소절임을 말해주면서 비즐러의 삶에 조용하지만 중요한 변화가 일기 시작합니다. 그는 드라이만의 위법적인 내용들을 고쳐서 기록하고 고쳐서 보고하기 시작합니다. 인간이 살면서 맞닥뜨리는 모순이란 하나의 현상일 뿐입니다.

가령, 키에슬로프스키의 영화 〈살인에 관한 짧은 필름〉을 보면 "범인이 살인을 결심한 그 장소에 나도 있었다"라는 대목이 있지요. 같은 카페에 있었다는 이유로 살인범을 살리려 헌신적으로 변호하는 의지를 갖는 게 인간이라면, 같은 시공간에 있었다는 것만으로 이미 어떤 변화는 시작되고 있다고 할 수 있겠지요. 마찬가지로 도청과 감시가 가능한 마룻바닥 한 장의 간격을 두고 드라이만의 시간과 공간을 엿본 비즐러의 심중은 이미 변화로의 침투와 흡수가 진행된 게 아닐까요. 다시 강조하건대 관계는 사람을 변화하게 한다는 겁니다. 신념이 바뀐다는 것은 그 신념이 옳지 않기 때문이겠지요.

나는 나만으로 이루어져 있을까요. 그리고 당신은 당신만으로 이루어져 있나요. 말하자면 나는 나 아닌 누구의 딸, 아내, 어머니로 되어 있고, 당신 역시 당신 아닌 누구의 남편, 아들, 아버지로 되어 있습니다. 그러한 역할에서 자유로울 수도 없으며 벗어날 수도 없습니다. 보이지 않는 관계 앞에 노출되어 있는 우리의 삶이란 이미 타인의 삶을 살고 있는지도 모릅니다. 드라이만을 감시하고 도청한 비즐러의 삶이야말로 타인의 삶을 살았던 것이며, 일거수일투족을 감시당한 드라이만의 삶 역시 타인의 삶이 아니고 무엇인지요.

나와 당신 사이, 심연

그러니 온전한 나는 세상에 없는 건지도 모르지만, 지금은 무너진 사회주의 체제는 끊임없이 나를 버려야 가능한 이데올로기였습니다. 그러나 나를 버리고 우리가 존재하리라 믿었던 이데올로기의 가능성에 대해선 내 빈약한 논리로도 이해가 되지 않습니다. 그 둘도 결국 같은 개념이니까요. 관계란 이미 나, 당신, 우리라는 경계를 지니며 그 경계란 늘 가변적으로 기능합니다. 사회주의 체제는 우리를 강조하면서 끊임없이 나나 당신을 우리일 수 없도록 했지요. 당의 안전과 평화를 위해 개인이 희생해야 한다는 믿음에 불신을 제기할 수 없는 한, 당의 안전과 평화는 없다는 걸 그들은 간과하고 있습니다.

사회주의는 한 해 1인당 평균 2.3켤레의 신발을 신고 1인당 평균 3.2권의 책을 사고 한 해 6,743명이 올 A로 졸업하는 것을 보고하는데, 국가의 안전을 위해 자살자의 통계는 밝혀지지 않습니다. 드라이만은 예르스카의 자살을 계기로 동독에서 공개되지 않은 자살자의 통계를 비밀리에 서독의 《미러》지에 기고하게 됩니다. 그 위험한 기사가 실리게 된 것은 사실을 눈감아준 비즐러의 거짓 보고에 힘입은 바 큽니다. 비즐러의 거짓 도청 보고로는 더 이상 드라이만을 체포할 만한 단서가 되지 못하자 중앙안보국은 비즐러를 가차 없이 좌천, 시골의 편지감시부 직원으로 쫓아냅니다. 그리고 4년 7개월 후, 비즐러는 독일 베를린 장벽이 무너졌다는 소식을 듣습니다.

존재, HGW XX/7

오랜 후 드라이만은 자신이 도청되고 있었다는 사실과 자신의 행적을 도와준 사람이 비즐러임을 알게 됩니다. 'HGW XX/7', 기호로 존재했던 인간, 기호 자체였던 인간, 명령에 대한 임무 수행만이 목적이었던 인간, 드라이만은 비즐러를 찾아간 길 건너편에서 직감적으로 그를 알아보지만 그냥 돌아옵니다. 우편배달부로서 평온하게 살아가고 있는 그의 삶을 흔들고 싶지 않았기 때문이겠죠. 우편배달을 하는 비즐러의 눈빛에는 감시와 도청으로 날이 선 'HGW XX/7'의 모습은 더 이상 없었습니다. 그리고 2년 후, 우편배달을 하던 비즐러는 서점 앞을 지나다가 드라이만이 쓴 책 광고 포스터를 보게 됩니다.

그는 서점 안으로 들어가 드라이만의 책을 집어 듭니다. 예르스카가 드라이만에게 선물로 주었던 책과 동일한 제목인 『선한 사람들을 위한 소나타』, 드라이만이 그 제목을 그대로 쓴 이유는 예르스카에 대한 사랑이지요. 그리움이지요. 표제가 적힌 겉장을 넘기고 다음 장에서 비즐러는 눈에 확 달려드는 구절을 만나게 됩니다.

이 책을 HGW XX/7에게 바칩니다.

서점 주인이 짧게 말합니다. "29.8유로, 선물이에요?" 라고 묻자, "아니 제가 볼 겁니다." 클로즈업 되는 비즐러의 커다란 눈망울에서 화면이 정지합니다. 서술어 없이 끝나는 시를 보는 느낌입니다. 영화의 첫 장면에서 특수요원을 교육할 때의 비즐러의 눈빛과 마지막 장면의 눈빛을 비교해보는 것은 관람자의 몫입니다. 관객을 서둘러 일어나지 못하게 하는 것은 감독의 센스지요. 비즐러의 눈빛은 언어 이상이었습니다. '타인의 삶'을 살면서 결국 '자신의 삶'을 발견한 순간들, 삶을 위해 진실은 늘 불편했고 불안했던 시간들은 어쩌면 허구였는지도 모릅니다. "나는 그들의 삶을 훔쳤고, 그들은 나의 인생을 바꿨다."라는 말 역시 왜 한 드럼의 허무처럼 허탈할까요. 그런데 29.8유로 그거 얼마입니까?

다시 시인이여, 질문하자

시를 꿈꾸던 시절, 존재하는 이 땅의 이름들에게 어찌할 바 모르는 경이로움으로 서툰 발음을 시작할 때, 어느 시인에게나 섬광처럼 파블로 네루다의 시가 왔을 것이다.

그러니까 그 나이였어
시가 나를 찾아왔어
몰라, 그게 어디서 왔는지 모르겠어
겨울에서인지 강에서인지
언제 어떻게 왔는지 모르겠어

떨며 떨리며 시를 처음 안았을 때 그때의 시인은 맑고 귀한 존재였으리라. 그리하여 시 안에 둥지를 틀고 세상을 배우게 되었으리라. 이어 삶의 우여곡절과

불가사의를 경험하며 울었고 비로소 고통이 시작되었을 것이다. 왜냐하면,

> 내 영혼 속에서 무언가 시작되고 있었어
>
> 열이나서 잃어버린 날개
>
> 나는 내 나름대로 해보았어
>
> 그 불을 해독하며, 어렴풋한 첫 구절을 썼어
>
> 어렴풋한, 뭔지 모를 순전한 무의미

무언가 시작되고 있었으니까. 다르게 살아야 할 운명을 감지했으니까. 그리하여 시인은 다짐했을 것이다. 삶의 어떤 순간에도 시의 본질에 충실하고 삶의 진실을 말하는 쪽에 서리라고. 그리고 진실을 말하는 것은 안락한 쪽이 아니라 고통스러운 길일 거라고 수천 번 새겼을 것이다.

> 그리고 나
>
> 그 하찮은 존재는 그 큰 별들과 총총한 허공에 취해
>
> 신비의 모습에 취해
>
> 나 자신이 심연의 일부임을 느꼈고

나는 별들과 함께 굴렀으며

내 심장은 바람에 풀려버렸어

심연은 무엇일까? 심연은 심연을 보려고 노력하는 자에게만 감지되는 보이지 않는 지점일 것이다. 몇 단락 네루다의 시를 인용하며 스스로 다짐하는 것은 시인으로서의 초심과 본분을 일깨우는 일인지 모른다. 작금 인터넷과 뉴스를 어지럽힌 문인, 시인의 부적절한 행위에 대한 논란에 같은 시인으로서의 부끄러움을 속죄하는 뜻이라 하겠다. 시인에게 권력이 있다고 생각한 것부터 부끄러운 일이다. 시인의 자리는 권력의 반대편, 권력을 경계하고 권력의 오류를 말해주는 자리이며 또한 그 자리는 편안하고 우월한 자리가 아니라 불편하고 겸손한 자리여야 하기 때문이다. 그래서 시를 불온하다 하지 않는가.

그런데 그때의 시인들은 다 어디에 갔는가. 꽃 한 송이 피우는 일의 고통과 꽃 지는 죽음의 일을 들여다보던 번민은 다 어디에 갔는가. 문학상의 그늘을 따라다니는 일이나 자신도 모르는 사이 문단 카르텔의 일부가 된 타락한 지성은 무어라 설명할 것인가. 권력자의 요구에 "나는 그 일을 하지 않는 편을 택하겠습니다."라고 외치던 필경사 바틀비의 신념이 그립다. 순열한 열정으로 식은 방에 앉아서 백지와 사투를 벌이던 아름다움이 그립다. 시인이여, 너무 평탄하고 너무 안락하지 않은가. 지금이라도 냉철하게 돌아보며 의심하고 부정하도록 하자. "나는 지금 어디에 있는가?"

시인이라는 이름은 공무원 직급처럼 올라가는 게 아니다. 살피지 않으면 금방 시들어버리고 자만하면 시가 들어가버린다. 당연히 그들의 자리는 화려하지 않고 그늘진 곳이며 그들의 의복은 얇으리라. 그들의 자세는 낮아야 하며 먼저 아프고 나중까지 책임지는 자세여야 한다. 숨소리마저 숨겨야 하는 자들이 무슨 권리로 타인에게 군림하고 허위를 행했을까. 시는 아픈 것이고 앓는 것이며 시인은 더 아프고 더 앓아야 하는 자이다.

다시 네루다로 돌아가보자. 말년 피노체트가 군사쿠데타를 일으켜 대통령궁에서 항전하던 친구 아옌데 대통령이 자결했다는 소식 후 무장한 군인들이 네루다의 가택까지 수색을 하자 네루다는 말한다.

당신들에게 위험한 것은 이 방에 하나밖에 없네. 그건 바로 시라네.

시가 위험하다는 것은 양면의 해석을 요한다. 엄격하고도 절대적일 것, 무섭도록 진실할 것. 시인은 시를 어떻게 다루어야 하는지 자성해야 한다. 시가 위험한 만큼 시를 쓰는 시인은 더 위험과 불안 앞에 서야 한다. 그것이 무엇일지라도.

사랑의 다른 이름

1판 1쇄 펴냄 2023년 5월 25일

지은이 이규리
펴낸이 손문경
펴낸곳 아침달

편집 송승언, 서윤후
디자인 정유경, 한유미

출판등록 제2013-000289호
주소 03980 서울시 마포구 성미산로 153-16, 2층
전화 02-3446-5238
팩스 02-3446-5208
전자우편 achimdalbooks@gmail.com

ISBN 979-11-89467-86-9 03810

* 책값은 뒤표지에 있습니다.